봄날의책 세계시인선

어둠의 속도

봄날의책 세계시인선

뮤리얼 루카이저 지음   박선아 옮김

봄날의책

일러두기

　　한 편의 시가 다음 면으로 이어질 때 연이 나뉘면 여섯 번째 행에서,
연이 나뉘지 않으면 첫 번째 행에서 시작한다.

차례

1 단서들

The Poem as Mask

ORPHEUS

When I wrote of the women in their dances and wildness,
    it was a mask,
on their mountain, god-hunting, singing, in orgy,
it was a mask; when I wrote of the god,
fragmented, exiled from himself, his life, the love gone down
    with song,
it was myself, split open, unable to speak, in exile from myself.

There is no mountain, there is no god, there is memory
of my torn life, myself split open in sleep, the rescued child
beside me among the doctors, and a word
of rescue from the great eyes.

No more masks! No more mythologies!

Now, for the first time, the god lifts his hand,
the fragments join in me with their own music.

가면으로서의 시

오르페우스

내가 제멋대로 춤추는 그 여인들에 대해 쓸 때,
　　그것은 가면이었다,
자신들의 산 위에서 신을 사냥하며 노래하는 그 광란의 여인들에
대해 쓸 때, 그것은 가면이었다. 내가 그 신에 대해,
그 자신으로부터, 삶으로부터, 노래에 사로잡힌 사랑으로부터
　　추방되어 갈가리 찢긴 그 신에 대해 쓸 때,
그것은 나 자신이었다, 활짝 벌어져서, 말할 수 없는, 나로부터
　　추방된 나 자신이었다.

산은 없고, 신도 없지만, 내 찢겨진 삶의
기억과, 잠든 채 활짝 벌어진 나와, 의사들 사이,
내 곁에 누운 구조된 아이와
그 위대한 눈으로부터 구조된 말[言]의 기억은 있다.

가면은 이제 그만! 신화는 이제 그만!

이제, 처음으로, 신이 손을 들어올리고,
조각들은 저마다의 음악을 지니곤 내 안에 들어선다.

What Do I Give You?

What do I give you?   This memory
I cannot give you.   Force of a memory
I cannot give you: it rings my nerves among.
None of these songs
Are made in their images.
Seeds of all memory
Given me give I you
My own self.   Voice of my days,
Blessing;   the seed and pain,
Green of the praise of growth.
The sacred body of thirst.

나는 너에게 무엇을 주지?

나는 너에게 무엇을 주지?   이 기억은
네게 줄 수 없는데.   기억이 갖는 힘도
네게 줄 수 없는데. 그건 내 신경 사이에서 울리니까.
이 노래들 가운데
이미지로 만들어진 노랜 없어.
내게 주어진
모든 기억의 씨앗이 나를 너를
나라는 자신을 주지.   내 삶의 목소리를,
은총을,   씨앗과 고통을,
성장의 찬사가 주는 활기를.
갈망하는 성스런 몸을.

The Transgress

That summer midnight under her aurora
northern and still we passed the barrier.

Two make a curse, one giving, one accepting.
It takes two to break a curse

transformed at last in each other's eyes.

I sat on the naked bed of space,
all things becoming other than what they seem

in the night-waking, in the revelation
thundering on tabu after the broken

imperative, while the grotesque ancestors fade
with you breathing beside me through our dream:

bed of forbidden things finally known —
art from the symbol struck, living and made.

Branch lifted green from the dead shock of stone.

위반

그 여름날 자정, 북쪽
그녀의 오로라 아래서 우리는 계속해 경계를 넘었다.

둘은 저주를 낳는다, 하나는 주고, 하나는 받고.
저주를 풀려면 둘이 필요하다.

결국 서로의 눈 속에서 바뀌는 것으로.

나는 헐벗은 우주의 침대에 앉았다.
모든 것은 보이는 것과는 다른 무언가가 되고 있다.

밤중에 깨어나, 폭로 속에서,
부서진 명령법을 좇는 터부를 습격하며

내 곁에서 숨 쉬는 당신과 함께
우리 꿈속에서 기괴한 조상들이 희미해져가는 동안.

금지된 것들의 자리가 마침내 드러났다.
상징이 낳은 예술은 얻어맞고, 살고 또 만들어졌다.

죽어버린 돌의 충격으로부터 나뭇가지는 초록을 끌어올린다.

The Conjugation of the Paramecium

This has nothing
to do with
propagating

The species
is continued
as so many are
(among the smaller creatures)
by fission

(and this species
is very small
next in order to
the amoeba, the beginning one)
The paramecium
achieves, then,
immortality
by dividing

But when
the paramecium
desires renewal
strength   another joy
this is what
the paramecium does:

짚신벌레의 결합

이것은 번식과는
아무런
상관이 없다

종(種)은
대를 이어왔다
다른 많은
(작은) 생물들처럼
분열에 의해

(그리고 이 종은
매우 작다
태초의 종, 아메바
다음으로)
짚신벌레는 그렇게
불멸을
얻는다
나뉨으로써

그러나
짚신벌레가
재생의 힘이나
또 다른 즐거움을   욕망할 때
짚신벌레는
이렇게 한다

The paramecium
lies down beside
another
paramecium

Slowly   inexplicably
the exchange
takes place
in which
some bits
of the nucleus of each
are exchanged

for some bits
of the nucleus
of the other

This is called
the conjugation of the paramecium.

짚신벌레는
또 다른
짚신벌레
옆에 눕고

천천히   설명할 수 없는
교환이
일어난다
그 안에서
각 세포핵의
어떤 조각들이
교환된다

타자의
세포핵의
어떤 조각들과

이것이 바로
짚신벌레의 결합.

Junk-Heap at Murano

You told me: they all went in and saw the glass,
The tourists, and I with them, a busload of them,
    a boatload
Out from Venice. We saw the glass making.
Until I, longing for air — longing for something — walked
    outside
And found my way along the building and around.
Suddenly there the dazzle, all the colors, fireworks and
    jewels in a mound
Flashing from the heap of glass thrown away. Not quite
    perfect. Perhaps a little flawed. Chipped, perhaps.
        Here is one.
And handed me the blue.

I looked into your eyes
Who walked around Murano
And I saw far behind, the face of the child I carried outdoors
    that night.
You were four. You looked up into the great tree netting
        all of night
And saw fire-points in the tree, and asked, "Do birds eat
        stars?"

무라노*의 쓰레기더미

조비 웨스트에게

네가 말했었지. 그 사람들 모두 들어가 유리를 봤다고.
여행자들 말이야, 함께 있던 나 역시, 베니스에서 출발해
　　　버스 한 대를 채우고,
배 한 척을 채웠었지. 우리는 유리 만드는 걸 봤어.
간절히 바람을 쐬고 싶던―무언가 간절했던 내가―밖으로
　　　걸어 나와
건물을 따라 그 주변을 걷게 되기 전까지 말이야.
갑자기 눈이 부셨고, 온갖 색깔이, 불꽃처럼
　　　유리가 무더기로 버려진 곳에서
수북한 보석들이 번쩍거렸어. 완벽하다곤
　　　할 수 없었지. 좀 결함이 있었달까. 아마 부서져서 그랬겠지.
　　　　　　하나 받으세요.
파란색을 건네받았어.

나는 네 눈을 들여다보았단다.
무라노를 돌아다니던 너.
깊숙한 뒤편에서, 그날 밤
　　　내가 문 밖으로 안고 나간 아이의 얼굴이 보였어.
너는 그때 네 살이었지. 고개를 들어서 온 밤을 그물 짓던
　　　　　커다란 나무를 보곤
불똥이 튄 자리들을 보고 물었지, "새들이
　　　　　별을 먹나요?"

Behind your eyes the seasons, the times,
assemble; dazzle; are here.

네 눈의 뒤편에서 계절이, 시간이
모여들어. 눈이 부시게. 여기 있구나.

Clues

How will you catch these clues at the moment of waking
take them, make them yours?   Wake, do you,
and light the lamp of sharpest whitest beam
and write them down in the room of night on white—
night opening and opening white
paper under white light, write what streamed
from you in darkness
into you by dark?

Indian Baptiste saying, We painted our dreams.
We painted our dreams on our faces and bodies.
We took them into us by painting them on ourselves.

단서들

깨어나는 그 순간, 당신은 어떻게 이 단서들을 붙잡아
쥐고서, 당신 것으로 만들까? 깨어나, 당신은
가장 선명하게 흰 빛줄기를 뻗는 전등을 켜
그 하얀 밤의 방에 적어내리는가?
밤이 열리고, 흰 종이를
펼치고, 하얀빛 아래서, 어둠 속의 당신으로부터
흘러나오는 것을
그 어둠의 힘을 빌려 당신에게 적어넣는가?

인디언 세례자가 말하기를, 우리는 우리의 꿈을 그렸다지.
우리 얼굴과 몸에 우리의 꿈을 그렸다지.
우리에게 그림으로써 그 꿈들을 붙잡았다고 하지.

When we saw the water mystery of the lake
after the bad dream, we painted the lines and masks,
when the bear wounded me, I painted for healing.
When we were told in our dreams, in the colors of day
red for earth, black for the opposite, rare green, white.
Yellow. When I dreamed of weeping and dreamed of sorrow
I painted my face with tears with joy.
Our ghost paintings and our dreams of war.
The whole brow, the streak, the hands and sex, the breast.
The spot of white, one hand black, one hand red.
The morning star appearing over the hill.
We took our dreams into our selves.
We took our dreams into our bodies.

악몽을 꾸고 난 뒤, 호수에서 물의 신비로움을
보았을 때, 우리는 선을 긋고 가면을 그렸다.
곰이 내게 상처 입혔을 때, 나는 낫기 위해 그렸다.
꿈속에서, 한낮의 빛깔들 속에서, 우리가
땅은 빨강이고, 검정은 그 반대며, 초록과 흼은 흔치 않다고
　　　들었을 때.
노랑도 있었지. 내가 우는 일에 대해 꿈꾸고 슬픔에 대해
　　　꿈꿨을 때
나는 눈물과 기쁨으로 내 얼굴에 그려넣었다.
우리 환영의 그림들과 전쟁의 꿈들을.
그 이마 전체를, 그 획을, 그 손과 성을, 그 가슴을.
하얀 점을, 검은 손 하나를, 붉은 손 하나를.
언덕 위로 떠오르는 샛별을.
우리는 우리의 꿈을 우리에게 붙잡아 넣었지.
우리는 우리의 꿈을 우리 몸속에 붙잡아 넣었지.

In Our Time

In our period, they say there is free speech.
They say there is no penalty for poets,
There is no penalty for writing poems.
They say this.   This is the penalty.

우리 시대에

우리 시대에, 사람들은 자유발언이 존재한다고들 한다.
시인들에게 처벌은 없다고,
시를 쓰는 일에 처벌은 없다고.
그렇게들 말한다.   이것이 바로 처벌이다.

Double Dialogue:

HOMAGE TO ROBERT FROST

In agony saying: "The last night of his life,
My son and I in the kitchen: At half-past one
He said, 'I have failed as a husband. Now my wife
Is ill again and suffering.' At two
He said, 'I have failed as a farmer, for the sun
Is never there, the rain is never there.'
At three he said, 'I have failed as a poet who
Has never not once found my listener.
There is no sense to my life.' But then he heard me out.
I argued point by point. Seemed to win. Won.
He spoke to me once more when I was done:
'Even in argument, father, I have lost.'
He went and shot himself. Now tell me this one thing:
Should I have let him win then? Was I wrong?"

To answer for the land for love for song
Arguing life for life even at your life's cost.

이중의 대화:

로버트 프로스트에게 경의를 표하며

고뇌 속에서 말하기를: "아들의 인생 마지막 날,
그와 나는 부엌에 있었고, 한시 삼십분에
그가 말했다. '나는 남편으로서 실패했어요, 이제 내 아내는
다시 병들어 고통스러워해요.' 두시에
그가 말했다. '나는 농부로서 실패했어요. 단 한 번도
해 뜨지 않았고, 비 내리지 않았기 때문입니다.'
세시에 그가 말했다. '나는 시인으로서도 실패했어요.
결코, 단 한 번도 청자(聽者)를 찾지 못했거든요.
내 인생은 말이 안 돼요.' 그러고 나서 그는 내 말을 들어주었다.
나는 조목조목 반박했다. 이길 것처럼 보였다. 이겼다.
내가 말을 마치자 그가 다시 한 번 내게 말했다.
'심지어 언쟁에서도, 아버지, 나는 졌습니다.'
그는 나가더니 스스로를 쏴버렸다. 이제 이 한 가지를
　　말해보시라.
그가 이기게 두었어야 했을까? 내가 틀렸나?"

땅을 사랑을 노래를 책임지기 위해
당신의 삶을 걸고 삶을 위해 삶에 대해 논쟁하면서.

The Six Canons

after Binyon

Seize structure.
Correspond with the real.
Fuse spirit and matter.
Know your own secrets.
Announce your soul in discovery.
Go toward the essence, the impulse of creation.
   where power comes in music from the sex,
   where power comes in music from the spirit,
   where sex and spirit are one self
   passing among
   and acting on all things
   and their relationships,
   moving the constellations of all things.

여섯 개의 계율

비니언*을 따라

구조를 장악하라.
실재에 부응하라.
영(靈)과 물(物)을 결합시켜라.
너 자신의 비밀을 알라.
발견 속에서 네 영혼을 선언하라.
본질을 향해 가라, 그 창작의 충동에게로.
　힘이 성(性)으로부터 음악으로 밀려드는 곳.
　힘이 영(靈)으로부터 음악으로 밀려드는 곳.
　성(性)과 영(靈)이 하나의 자신이 되어
　모든 것 사이를 지나가면서
　모든 것의 관계에
　작용하고
　만물의 배열을 움직이는 곳으로.

* 로렌스 비니언(Laurence Binyon, 1869~1943)은 영국의 시인이자
　극동미술 감정가. 이 시는 그의 작품 『용의 승천』(*The Flight of the
　Dragon*, 1911)과 관련이 있다. 비니언은 런던에서 '동양과 서양의
　예술과 사상'이라는 강의를 하는 등 파운드(Ezra Pound)를 비롯한 새로운
　영시를 실험하고자 하는 일련의 시인들에게 영감을 주었다.

Forerunners

Forerunners of images.
In morning, on the river-mouth,
I came to my waking
seeing carried in air
seaward, a ship.
Standing on stillness
before the bowsprit
the man of spirit
— Lookout aloft, steersman at wheel, silence on water —
and the young graceful man holding the lily iron.
I dream of all harpooning and the sea.

Out of Seville, after Holy Week I heard the
story of the black carriage and a lordly woman.
Her four daughters, their skirts of black foam,
lace seethed about them; drawn by four horses,
reined in, their black threads in the coachman's hands.
Far ahead on invisible wire
a circus horse making his shapes on the air.
Between us forever enlarges Spain and the war.

선구자들

이미지의 선구자들.
아침이면, 강 하구에서,
공기 중을 떠다니며
바다로 향하는, 배 한 척을 보고
나는 깨달음에 닿았다.
가름대 앞에서
고요를 딛고 선
늠름한 남성과
—꼭대기의 망보기, 항해 중인 키잡이, 물 위의 정적—
작살을 든 젊고 우아한 남성도.
나는 모든 작살질을, 바다를 꿈꾼다.

세비야*를 떠나와, 성주간(聖週間)이 지난 뒤에, 나는
귀족 같은 여인과 검은 마차의 이야기를 들었다.
그녀의 네 딸과 레이스가 넘실거리는
검은 폼 스커트들에 대해서도. 고삐 쥔
네 마리 말이 끌고 가는, 마부의 손에 감긴 검은 끈에 대해서도.
저 멀리 보이지 않는 끈 위에선
서커스용 말이 공중에 제 형태를 만들고 있었고.
우리 사이에선 영원히 커져간다, 스페인과 그 전쟁이.

Far in New Jersey, among split-level houses,
behind the concrete filling-station I found
a yellow building and the flags of prayer.
Two Tibetans in their saffron bowed, priests
of their robes, their banners, their powers.
Little Tibetan children playing stickball
on the black road.
Day conscious and unconscious.
Words on the air.
Before the great
images arrive, riderless horses.
Words on an uproar silent hour.
In our own time.

뉴저지 깊숙한 곳, 복층형 주택들 사이,
콘크리트 타설 현장 뒤에서, 나는
노란 건물과 기도하는 이들의 깃발을 찾았다.
사프란색 옷을 입은 두 티베트인이 절을 했다,
승려복을 입고 띠를 두른, 권위 있는 사제들이.
티베트인 아이들이 검은 길에서
스틱볼**을 갖고 놀고 있었다.
의식적이고 무의식적인 날.
공기 중의 단어들.
위대한 이미지들이
도착하기 전, 기수 없는 말들.
떠들썩한 고요의 시간에 대한 말들.
우리의 시대에.

* 세비야(Sevilla)는 스페인 남서부 과달키비르(Guadalquivir) 강에 면한
  항구도시.
** 스틱볼은 고무공을 막대기로 치는, 야구와 비슷한 길거리 스포츠이다.

Orgy

There were three of them that night.
They wanted it to happen in the first woman's room.
The man called her; the phone rang high.
Then she put fresh lipstick on.
Pretty soon he rang the bell.
She dreamed, she dreamed, she dreamed.
She scarcely looked him in the face
But gently took him to his place.
And after that bell, the bell.
They looked each other in the eyes.
A hot July it was that night,
And he then slow took off his tie,
And she then slow took off her scarf,
The second one took off her scarf,
And he then slow his heavy shoe,
And she then slow took off her shoe,
The other one took off her shoe,
He then took off his other shoe,
The second one, her other shoe,
A hot July it was that night.
And he then slow took off his belt,
And she then slow took off her belt,
The second one took off her belt ...

난교

그날 밤 세 사람이 있었다.
그들은 첫 번째 여자의 방에서 하고 싶어 했다.
남자가 여자를 불렀다. 전화벨 소리가 높게 울렸다.
여자가 립스틱을 새로 발랐다.
곧 남자가 벨을 눌렀다.
여자는 꿈꾸고, 꿈꾸고, 꿈을 꿨다.
여자는 남자의 얼굴을 거의 바라보지 않았지만
부드럽게 그를 그의 자리로 데리고 갔다.
그리고 그 벨 후에, 그 벨.
그들은 서로의 눈을 바라보았다.
뜨거운 칠월이었다 그날 밤은.
남자는 천천히 넥타이를 풀었고,
여자는 천천히 스카프를 풀었고,
두 번째 여자도 스카프를 풀었고,
그다음에 남자는 천천히 무거운 신발 한 짝을 벗었고,
여자는 천천히 신발 한 짝을 벗었고,
다른 여자도 신발 한 짝을 벗었고,
그다음에 남자가 다른 한 짝을 벗었고,
두 번째 여자가, 다른 한 짝을,
뜨거운 칠월이었다 그날 밤은.
남자는 천천히 벨트를 풀었고,
여자는 천천히 벨트를 풀었고,
두 번째 여자가 벨트를 풀었고…

The Overthrow of One O'Clock at Night

is my concern.　That's this moment,
when I lean on my elbows out the windowsill
and feel the city among its time-zones, among its seas,
among its late night news, the pouring in
of everything meeting, wars, dreams, winter night.
Light in snowdrifts causing the young girls
lying awake to fall in love tonight
alone in bed; or the little children
half world over tonight rained on by fire — that's us —
calling on somebody — that's us — to come
and help them.
　　　　　　　　Now I see at the boundary of darkness
extreme of moonlight.
　　　　　　　　　　Alone.　All my hopes
scattered in people quarter world away
half world away, out of all hearing.
　　　　　　　　　　　　　　Tell myself:
Trust in experience.　And in the rhythms.
The deep rhythms of your experience.

새벽 한시의 전복

이 나의 관심사다.   이런 순간 말이다.
창틀에 팔꿈치를 대고 기대
도시를 느끼는 것.
표준시간대 사이, 바다 사이, 심야의 뉴스 사이에서
모든 것의 만남, 전쟁, 꿈, 겨울밤이
쏟아져 들어오는 것을.
어린 소녀들이 뜬눈으로 침대에 누워 홀로
사랑에 빠지게 하는, 혹은 세계의 절반에서
화염을 비처럼 맞는 어린아이들이 ─우리 말이야─
누군가를 부르며 ─우리 말이야─ 와서 좀 도와달라고 외치게
만드는 눈더미 속 불빛.
                    이제 어둠의 경계에서야
나는 달빛의 극단을 본다.
                          홀로.   내 모든 희망은
너무 멀어 들리지도 않는, 한 현*만큼 멀리 있는 사람들에게,
세계의 절반만큼 멀리 있는 사람들에게 흩뿌려져 있다.
                                  내게 말해본다.
경험을 믿으라고.   그 리듬을 믿으라고.
네 경험의 그 깊은 리듬을.

* 현(弦)은 달의 공전주기의 4분의 1에 해당하는 기간이다.

Among Roses

Lying here among grass, am I dead am I sleeping
amazed among silences   you touch me never
Here deep under, the small white moon
cries like a dime and do I hear?

The sun gone copper or I dissolve
no touch no touch   a tactless land
denies my death my fallen hand
silence runs down the riverbeds

One tall wind walks over my skin
                              breeze, memory
bears to my body (as the world fades)
                              going in
very late in the world's night to see roses opening
Remember, love, lying among roses.
Did we not lie among roses?

장미들 사이에

여기 풀밭에 누워, 나는 죽었나 잠들었나
고요한 가운데 감탄하고 있는데   당신은 단 한 번도 나를
　　　만지지 않네
여기 아래 깊숙이, 작고 하얀 달이
동전처럼 울고 있는데 나는 듣고 있나?

태양이 구릿빛이 되거나 내가 녹아들거나
만짐이 없고 만짐이 없고   무뚝뚝한 땅은
내 죽음을 내 죽은 손을 거부하고
고요는 강바닥으로 내달리네

키 큰 바람 하나가 내 피부를 걷고
　　　　　　　　　　　부드러운 바람이, 기억이
내 몸을 향해 (세계가 흐려지면서)
　　　　　　　　　　들어서서
그토록 늦은 세계의 밤에 피어나는 장미를 본다
기억하길, 연인이여, 장미들 사이에 누웠음을.
우린 장미들 사이에 누웠던 게 아니었던가?

What I See

Lie there, in sweat and dream, I do, and "there"
Is here, my bed, on which I dream
You, lying there, on yours, locked, pouring love,
While I tormented here see in my reins
You, perfectly at climax. And the lion strikes.
I want you with whatever obsessions come —
I wanted your obsession to be mine
But if it is that unknown half-suggested strange
Other figure locked in your climax, then
I here, I want you and the other, want your obsession, want
Whatever is locked into you now while I sweat and dream.

내가 보는 것

거기 누워, 땀에 젖은 꿈속에서, 나는 하는데, 그러면 '거기'는
여기다, 내 침대, 그 위에서 나는 꿈꾼다
너는, 네 침대 위, 거기 누워서, 갇힌 채, 사랑을 퍼붓고,
내가 여기서 괴로워하는 동안, 내 고삐에 묶인, 너를
본다, 완벽한 절정에 닿는. 사자(獅子)가 달려든다.
나는 너를 원한다 어떤 집착이 따라오든—
나는 네 집착이 내 것이기를 원했다
하지만 만약 그게 네 절정에 갇힌
반만 드러나 잘 모를 낯선 형체라면,
여기의 나는, 너와 그 타인을 원한다, 너의 집착을,
네 안에 갇힌 게 무엇이든 지금 그걸 원한다. 내가 땀에 젖어
　　꿈을 꾸는 동안.

Believing in Those Inexorable Laws

Believing in those inexorable laws
After long rebellion and long discipline
I am cut down to the moment in all my flaws
Creeping to the feet of my master the sun
On the sea-beach, tides beaten by the moon woman,
And will not think of you, but lie at my full length
Among the great breakers. I find the clear outwater
Shine crash speaking of truth behind the law.

The many-following waves turn into you.
I see in vision that northern bay: pines, villages,
And the flat water suddenly rears up
The high wave races against all edicts, taller,
Finally powerful. Water becomes your mouth,
And all laws all polarities your truth.

그 불변의 법칙을 믿는 일

오랜 반역과 오랜 훈련 뒤에
그 불변의 법칙을 믿게 된
나는 내 모든 흠결로 뒤덮인 채
달 여인에게 걷어차이는 조류, 해안가에 뜬 나의 주인,
태양의 발치로 기어가는 그 순간으로 축소되었다.
당신을 떠올리지 않으리, 그저 거대한 쇄파 가운데
몸을 길게 늘여 누우리. 나는 투명하게 튀어오른 물이
법의 뒤편에서 진실을 말하며 반짝이는 것을 본다.

수없이 따라붙는 파도가 당신으로 변한다.
나는 환상 속에서 북쪽 만(灣)을 본다. 소나무들, 마을들,
분연히 솟구치는 민물과
모든 칙령을 거슬러 내달리는 높은 파도를, 더 크고,
결국은 더욱 강력해지는 것을. 물은 당신의 입이 되고,
모든 법칙과 모든 극성(極性)이 당신의 진실이 된다.

Song
Love in Whose Rich Honor

Love
in whose rich honor
I stand looking from my window
over the starved trees of a dry September
Love
deep and so far forbidden
is bringing me
a gift
to claw at my skin
to break open my eyes
the gift longed for so long
The power
to write
out of the desperate ecstasy at last
death and madness

노래
사랑의 풍요로운 영예

사랑
그것의 풍요로운 영예 속에서
나는 창가에 선 채
메마른 구월의 굶주린 나무들을 바라본다
사랑
이제껏 금지되었던 깊은 그것이
내게 선물 하나를
가져다준다
내 피부를 할퀴고
내 눈을 부수어 열어낼,
오래도록 갈망해온 선물을,
마침내
절박한 황홀경으로부터
죽음과 광기를
쓸
힘을

Niobe Now

Niobe
    wild
        with unbelief
            as all
                her ending
                    turns to stone
Not gentle
    weeping
        and souvenirs
            but hammering
                honking
                    agonies
Forty-nine tragic years
            are done
                and the twentieth century
                    not begin
All tears,
    all tears,
        all tears.
Water
    from her rock
        is sprung
            and in this water
                lives a seed

오늘날의 니오베*

불신에 차
      제멋대로인
         니오베
            그녀의
               모든 결말이
                    돌로 변하듯

점잖은
      울음이나
         유품이 아닌
            쾅쾅거리며
               껵껵거리는
                   고통으로

사십구 년의 비극적 날들이
         끝이 났고
            이십세기는
               시작되지 않았네.

온통 눈물뿐,
      온통 눈물뿐,
         온통 눈물뿐.

그녀의 바위에서
      물이
        솟고
        이 물 속에선
            씨앗 하나가 살아

That must endure
               and grow
                    and shine
                         beasts, gardens
                                at last rivers
A man
      to be born
            to start again
                  to tear
                      a woman
                            from his side
And wake
      to start
          the world again.

버티고
　　자라서
　　　짐승을, 정원을
　　　　　마침내 강을
　　　　　　비추어야만 한다네.
이제 태어날
　　　한 남자가
　　　　배 속에서부터
　　　　　　한 여자를
　　　　　　　다시금 찢고
　　　　　　　　　　태어나
깨어난다
　　　세계를 다시
　　　　　시작하고자.

* 니오베(Niobe)는 14명의 아이들이 피살되고 제우스에 의해 돌로 변한 여자,
　 자식을 잃고 비탄 속에 지내는 여자, 탄탈로스의 딸, 암피온의 아내.

Song
The Star in the Nets of Heaven

The star in the nets of heaven blazed past your breastbone,
Willing to shine among the nets of your growth,
The nets of your love,
The bonds of your dreams.

노래
하늘그물에 걸린 별

하늘그물에 걸린 별이 네 가슴뼈를 지나 이글거렸다,
네 성장의 그물 속에서,
네 사랑의 그물 속에서,
네 꿈들의 이어짐 속에서 기꺼이 빛나고자.

Air

Flowers of air
with lilac defining air;
building of air
with walls defining air;
this May, people of air
advance along the street;
framed in their bodies, air,
their eyes speaking to me,
air in their mouths made
into live meanings.

공기

공기의 꽃들은
공기를 규정하는 라일락을 지니고
공기의 빌딩은
그 공기를 규정하는 벽을 지니고
이 오월, 공기의 사람들은
길을 따라 전진한다
공기라는 몸의 틀 속에서
눈으로 내게 말을 건네고,
그들 입속의 공기는
살아 있는 의미가 된다.

Gift

the child, the poems, the child, the poems, the journeys
    back and forth across our long country
        of opposites,
and through myself, through you, away from you, toward
    you, the dreams of madness and of an
        impossible complete time —
gift be forgiven.

선물

그 아이, 그 시들, 그 아이, 그 시들,
　　우리의 기다란 나라를 이 끝에서 저 끝으로
　　　　오가던 그 여정들,
나를 통과하고, 너를 통과하고, 너로부터 멀어지고,
　　너에게로 향하던, 광기에 대한 꿈들과
　　　　불가능하게 완전한 시간에 대한 꿈 ―
선물이여 용서받기를.

Cries from Chiapas

Hunger
    of mountains
        spoke
           from a tiger's throat.
Tiger-tooth peaks.
        The moon.
           A thousand mists
turning.
     Desires of mountains
           like the desires of women,
moon-drawn,
      distant,
        clear black among
           confusions of silvers.
Women of Chiapas!
       Dream-borne
         voices of women.
Splinters of mountains,
      broken obsidian,
         silver.
White tigers
    haunting
     your forehead here
        sloped in shadow—

치아파스*로부터의 울음

산맥의
　　굶주림이
　　　　　말했다
　　　　　　　호랑이의 목구멍을 통해.
호랑이 이빨 봉우리들.
　　　　　　　달.
　　　　　　모습을 바꾸는
천 개의 연무.
　　　　　산맥의 욕망은
　　　　　　　　여자들의 욕망과도 같이
달에게 이끌려,
　　　　멀리서부터,
　　　　　　　은빛의 혼란 속에서도
　　　　　　　　　　선명하게 검다.
치아파스의 여자들!
　　　　　꿈이 낳은
　　　　　　　여자들의 목소리.
산맥의 조각들,
　　　　부서진 흑요석,
　　　　　　　은빛.
그림자 지고 가파른
　　　　여기 당신의 이마를
　　　　　　　　사로잡은
　　　　　　　　　　백호들—

black hungers of women,

                    confusion

                         turning like tigers

And your voice—

I am

    almost asleep

        almost awake

           in your arms.

여자들의 검은 굶주림,

　　　　　　혼란은

　　　　　　　　마치 호랑이처럼 변하고

그리고 당신의 목소리 —

나는

　　거의 잠든 채

　　　　거의 깨어 있다

　　　　　　　당신 품에서.

* 치아파스(Chiapas)는 멕시코 남부의 주로, 화려한 마야 문명의 유적이
  있으나 대다수 주민은 몹시 빈곤한 농민이다.

The War Comes into My Room

Knowing again
        that nothing
                has been spoken
                        not now
                              not this right time
the broken singing
                as we move
                    or of
                        the endless war
                              our lives
that above all
                there is not said
                    nothing
                        of this moment
in the poems
            our love
                in all the songs
                        now I will
                            live out
                                this moment
saying
        it
        in my breath
                to you
                    across the air

전쟁이 내 방으로 들어온다

지금도
　　지금 이 시간에도
　　　　말해지는 것은
　　　　　　아무것도 없음을
　　　　　　　　다시 깨닫고
우리가 움직여서
　　　　우리 삶이
　　　　끝없는 전쟁이기에
　　　　　　끊어지는 노래들을
　　　　　　　　다시 깨닫고
무엇보다도
　　시 속에선
　　　　이 순간이
　　　　모든 노래 속에선
사랑이
　　말해지지 않았음을
　　　　　깨달았기에
　　　　　　나는 이 순간을
　　　　　　　　끝까지
　　　　　　　　살아내겠다
공기를 가로질러
　　　내 숨에 실어
　　　　　당신에게
　　　　　　말
　　　　　　　하면서

Delta Poems

Among leaf-green
this morning, they
walk near water-blue,
near water-green
of the river-mouths
this boy   this girl
they die with their heads near each other,
their young mouths

    * * *

A sharp glint out among the sea
These are lives coming out of their craft
Men who resemble....
Sound is bursting the sun
Two dead bodies against the leaves
A young man and a girl
Their heads close together
No weapons, only grasses and waves
Lives, grasses

삼각주의 시

잎의 초록 사이에서
오늘 아침, 그들이
물의 푸름 근처를 걸었다,
강 하구의
물의 초록 근처를,
이 소년과   이 소녀는
서로의 머리와
서로의 어린 입을 가까이 두고 죽는다.

    * * *

바다 한가운데서 뻗어오는 날카로운 빛
이들은 배에서 빠져나온 생명들
…를 닮은 남자들
소리가 태양을 터뜨리고 있고
나뭇잎에 기댄 두 죽은 몸
젊은 남자와 한 소녀
가깝게 놓인 두 사람의 머리
무기도 없이, 오직 풀과 파도뿐
목숨들, 풀들

    * * *

Something is flying through the high air over the river-mouth
    country,
Something higher than the look can go,
Higher than herons fly,
Higher than planes is it?
It is nothing now
But now it is sound beyond bigness
Turns into the hugeness: death. A leaf shakes on the sky.

    * * *

Of the children in flames, of the grown man
his face burned to the bones, of the full woman
her body stopped from the nipples down, nursing
the live strong baby at her breast
I do not speak.

I am a woman
in a New York room
late in the twentieth century.
I am crying, I will write no more. —
Young man and girl walking along the sea,
among the leaves.

* * *

무언가가 강 하구 나라의 높은 하늘을 가로지르며 날고 있다,
시선이 닿을 수 있는 높이보다도 높은 무언가가
왜가리의 비행보다도 높이
비행기보다도 높은가?
이제 그것은 보이지 않지만
이제 그것은 커다람을 넘어선 소리로서
거대함으로 변한다. 죽음. 나뭇잎 한 장이 하늘에서 떤다.

* * *

불길 속 아이들에 대해, 뼈가 보이도록 타들어간 얼굴을 지닌
성인 남자에 대해서, 젖꼭지 아래로는 몸이 굳어버린,
그 가슴으로 살아 있는 튼튼한 아이를 길러낸
다 큰 여인에 대해서
나는 말하지 않는다.

나는 이십세기 후반
뉴욕의 어느 방에 있는
여성이다.
나는 울고 있다. 더 이상은 쓰지 않을 것이다.
바다를 따라 걷는, 풀잎 사이를 걷는,
젊은 남자와 소녀.

* * *

Fresh hot day among the river-mouths,
yellow-green leaves   green rivers running to sea.
A young man and a girl
go walking in the delta country
The war has lasted their entire lifetime.
They look at each other with their mouths.
They look at each other with their whole bodies.
A glint as of bright fire, metal over the sea-waters.

* * *

A girl has died upon green leaves,
a young man has died against the sky.
A girl is walking printed against green leaves,
A young man walks printed upon the sky.

***

신선하고 뜨거운 강 하구의 낮,
연둣빛 이파리들과 초록빛 강이 바다를 향해 달린다.
삼각주의 나라를 걷는
젊은 남자 하나와 소녀 하나
전쟁은 그들의 평생 동안 계속됐다.
그들은 각자의 입으로 서로를 바라본다.
그들은 각자의 온몸으로 서로를 바라본다.
밝은 불 같은 반짝임, 바닷물 위의 금속

***

소녀가 초록 이파리들 위에서 죽어왔다.
젊은 남자는 하늘을 등지고 죽어왔다.
한 소녀가 걷고 있다, 고 초록 이파리에 새겨졌고,
한 남자가 걷는다, 고 하늘에 새겨졌다.

* * *

I remember you. We walked near the harbor.
You a young man believing in the future of summer,
in yellow, in green, in touch, in entering,
in the night-sky, in the gifts of this effort.
He believes in the pulses beating along his body,
he believes in her young year.

I walk near the rivers.

* * *

They are walking again at the edge of waters.
They are killed again near the lives, near the waves.
They are walking, their heads are close together,
their mouths are close as they die.
A girl and a young man walk near the water.

* * *

당신을 기억해. 우린 항구 근처를 걸었었지.
젊은 남자였던 당신은 여름의 미래를 믿고 있었지,
그 노랑을, 그 초록을, 그 만짐을, 그 들어섬을,
그 밤하늘을, 이 노력의 선물들을.
그는 그의 몸을 따라 요동치는 맥박을 믿는다.
그는 그녀의 젊은 날을 믿는다.

나는 강가를 걷는다.

* * *

그들은 다시 물가 가장자리를 걷고 있다.
그들은 다시 한 번 죽었다, 삶의 가까이에서, 파도 가까이에서.
그들은 걷고 있다. 머리를 가까이 하고,
죽어가는 동안 입도 서로에게 가까워지면서.
소녀와 젊은 남자가 물가를 걷는다.

Spirals and Fugues

Spirals and fugues, the power most like music
Turneth all worlds to meaning
And meaning to matter, all continually,
And sweeps in the sacred motion,
Spirals and fugues its lifetime,
To move my life to yours,
    and all women and men and the children in their light,
The little stone in the middle of the road, its veins and
    patience,
Moving the constellations of all things.

나선과 푸가

나선과 푸가, 음악과 가장 비슷한 그 힘이
온 세계를 의미로
의미를 질문으로, 끊임없이, 변화시키고,
성스러운 몸짓 속으로 밀려든다,
나선과 푸가의 온 생애는
나의 삶을 네 삶에 가닿게 하고,
　모든 여자와 남자와 아이들을 제 빛 아래 들게 하고,
도로 한가운데의 작은 돌멩이를, 돌멩이의 혈관들과
　인내를,
만물의 성좌를 움직인다.

Anemone

My eyes are closing, my eyes are opening.
You are looking into me with your waking look.

My mouth is closing, my mouth is opening.
You are waiting with your red promises.

My sex is closing, my sex is opening.
You are singing and offering: the way in.

My life is closing, my life is opening.
You are here.

아네모네

나의 눈이 감기고 있다, 나의 눈이 뜨이고 있다.
너는 이제 막 일어난 얼굴로 나를 바라보고 있다.

나의 입이 닫히고 있다, 나의 입이 열리고 있다.
너는 네 붉은 약속을 지니고 기다리고 있다.

나의 성(性)이 닫히고 있다, 나의 성이 열리고 있다.
너는 노래하며 내어주고 있다. 들어서는 길을.

나의 삶이 닫히고 있다. 나의 삶이 열리고 있다.
네가 여기에 있다.

Fighting for Roses

After the last freeze, in easy air,
Once the danger is past, we cut them back severely;
Pruning the weakest hardest, pruning for size
Of flower, we deprived will not deprive the sturdy.
The new shoots are preserved, the future bush
Cut down to a couple of young dormant buds.

But the early sun of April does not burn our lives:
Light straight and fiery brings back the enemies.
Claw, jaw, and crawler, all those that devour.
We work with smoke against the robber blights,
With copper against rust; the season fights itself
In deep strong rich loam under swarm attacks.

Head hidden from the wind, the power of form
Rises among these brightnesses, thorned and blowing.
Where they glow on the earth, water-drops tremble on them.
Soon we must cut them back, against damage of storms.
But those days gave us flower budded on flower,
A moment of light achieved, deep in the air of roses.

장미를 위한 투쟁

마지막 결빙이 지나고, 가벼워진 공기 속에서,
위험이 과거가 되자, 우리는 그것들을 엄격하게 잘라냈다.
가장 약하고 억센 것들을 쳐내고, 꽃의 크기를
생각해 쳐내고, 쫓겨난 우리는 튼튼한 것들을 쫓아내지 않을
    것이다.
새 순들은 보존되었다. 미래의 덤불이
잠들어 있는 어린 새싹 몇 개로 정돈되었다.

하지만 사월의 이른 태양이 우리 삶만 끓게 한 게 아니다.
불 같은 직사광선은 적들을 다시금 끌어오더라.
발톱, 턱, 기는 것들, 집어삼키는 모든 것들.
강도 같은 병해에 맞서 우리는 연기를 피우고
녹에는 구리로 맞선다. 비옥한 토양 깊숙이
떼로 달려드는 공격 속에서 계절은 저 자신과 싸운다.

바람을 피해 숨은 머리, 그 형태의 힘이
이 밝음들 가운데 솟아오른다, 가시를 세우고 피어나며.
그것들이 반짝이는 땅 위에선, 물방울이 그 위에서 전율한다.
곧 다시 잘라내야 한다, 폭풍의 피해를 막으려면.
하지만 그날들은 꽃 위에 눈튼 꽃을 주었다.
빛나는 순간이 획득되었다, 장미의 공기 깊숙이.

For My Son

You come from poets, kings, bankrupts, preachers,
        attempted bankrupts, builders of cities, salesmen,
the great rabbis, the kings of Ireland, failed drygoods
        storekeepers, beautiful women of the songs,
great horsemen, tyrannical fathers at the shore of ocean,
        the western mothers looking west beyond from their
            windows,
the families escaping over the sea hurriedly and by night—
the roundtowers of the Celtic violet sunset,
the diseased, the radiant, fliers, men thrown out of town,
        the man bribed by his cousins to stay out of town,
            teachers, the cantor on Friday evening, the lurid
            newspapers,
strong women gracefully holding relationship, the Jewish girl
        going to parochial school, the boys racing their iceboats
            on the Lakes,
the woman still before the diamond in the velvet window,
        saying "Wonder of nature."
Like all men,
you come from singers, the ghettoes, the famines, wars and
        refusal of wars, men who built villages

내 아들에게

시인들로부터, 왕들로부터, 파산자들로부터, 설교자들로부터,
　　파산 미수자들로부터, 도시 건설자들로부터,
　　　　영업사원들로부터,
위대한 랍비들로부터, 아일랜드의 왕들로부터, 실패한 직물 가게
　　직원들로부터, 노래 속의 아름다운 여성들로부터,
뛰어난 기수(騎手)들로부터, 바닷가의 위압적인 아버지들로부터,
　　창문 밖으로 더 먼 서쪽을 내다보는 서부의
　　　　어머니들로부터,
밤이 되어, 황급히 바다를 건너 빠져나가려는 가족들로부터,
켈트족의 보랏빛 석양을 가진 원탑*들로부터,
병든 자들로부터, 화색이 도는 자들로부터, 승객들로부터,
　　마을에서 쫓겨난 사람들로부터, 마을 밖에 머물라고
　　　　친척들이 돈을 쥐여준 남자로부터, 선생님들로부터,
　　　　　　금요일 저녁의 성가대원으로부터, 충격적인 내용을
　　　　　　담은 신문들로부터,
관계를 품위 있게 유지하는 강한 여성들로부터, 교구 학교에
　　다니는 유대인 소녀로부터, 호수에서
　　　　빙상 요트 경주를 하는 소년들로부터,
벨벳 진열창 속, '자연의 경이'라 쓰인 다이아몬드 앞에 선
　　여성으로부터,
너는 왔단다. 모든 사람이 그렇듯이.
가수들로부터, 빈민가로부터, 굶주림으로부터, 전쟁으로부터
　　그리고 전쟁에 대한 거부로부터, 이제는 우리의 태양열
　　　　발전 도시로

that grew to our solar cities, students, revolutionists, the
     pouring of buildings, the market newspapers,
a poor tailor in a darkening room,
a wilderness man, the hero of mines, the astronomer, a
     white-faced woman hour on hour teaching piano and
          her crippled wrist,
like all men,
you have not seen your father's face
but he is known to you forever in song, the coast of the skies,
     in dream, wherever you find man playing his
          parts as father, father among our light, among our
               darkness,
and in your self made whole, whole with yourself and
     whole with others,
the stars your ancestors.

성장한 마을들을 건설한 사람들로부터, 학생들로부터,
　　혁명론자들로부터, 범람하는 빌딩들로부터, 마트의
　　　　전단지들로부터,
어두워지는 방 안의 재주 없는 재단사로부터,
　　야인으로부터, 탄광의 영웅으로부터, 천문학자로부터,
　　　　매 시간 피아노를 가르치는 하얀 얼굴의 여성으로부터,
　　　　　그리고 그녀의 굽은 손목으로부터,
너는 왔단다. 모든 사람이 그렇듯이,
너는 네 아버지의 얼굴을 여태 보지 못했지만
너는 언제까지나 그를 알지, 노래에서, 하늘가에서,
　　꿈속에서, 어디서나 아버지 역할을 하고 있는
　　　　남자를 발견할 때마다, 우리 빛에 둘러싸인 아버지를,
　　　　　우리 어둠에 둘러싸인 아버지를 발견할 때마다.
타인들과 함께 완전한, 네 자신으로 완전한,
　　완전해진 네 자신에게서,
네 선조들인 별들에게서.

* 원탑(roundtowers)은 둥글고 키가 큰 탑으로, 과거 바이킹족이 켈트족을
　침략할 때, 귀중한 것들을 보호하기 위해 접근 불가능하게끔 높이
　지어졌다고 한다.

Poem

I lived in the first century of world wars.
Most mornings I would be more or less insane,
The newspapers would arrive with their careless stories,
The news would pour out of various devices
Interrupted by attempts to sell products to the unseen.
I would call my friends on other devices;
They would be more or less mad for similar reasons.
Slowly I would get to pen and paper,
Make my poems for others unseen and unborn,
In the day I would be reminded of those men and women
Brave, setting up signals across vast distances,
Considering a nameless way of living, of almost unimagined
    values.
As the lights darkened, as the lights of night brightened,
We would try to imagine them, try to find each other.
To construct peace, to make love, to reconcile
Waking with sleeping, ourselves with each other,
Ourselves with ourselves. We would try by any means
To reach the limits of ourselves, to reach beyond ourselves,
To let go the means, to wake.

I lived in the first century of these wars.

시

나는 세계대전의 첫 번째 세기에 살았다.
매일 아침이 거의 미쳐 있었다.
신문들이 부주의한 기사를 싣고 도착했고,
다양한 매체에서 쏟아져 나온 뉴스 사이사이엔
미지의 사람들에게 상품을 팔려는 광고가 끼어 있었다.
나는 다른 기계로 친구들에게 전화를 걸었고,
그들은 비슷한 이유로 거의 미쳐 있었다.
천천히 나는 펜과 종이를 쥐고
보이지 않는, 태어나지 않은 타인들을 위한 시를 지었다.
낮 동안에는 남자들과 여자들을 떠올렸다.
광막한 거리를 가로지르는 신호를 보내고,
이름 없는 삶의 방식과 거의 상상해보지 못한 가치들을 생각해본
용감한 이들을. 빛이 저물고, 밤의 빛이 밝아지면.
우리는 그들을 상상하려, 서로를 발견하려 애썼다.
평화를 짓기 위해, 사랑을 나누기 위해, 깨어남을 잠듦과,
우리 자신을 서로와, 우리 자신을 우리 자신과
화해시키기 위해. 우리는 어떤 방법이라도 시도했다.
우리 자신의 경계에 닿기 위해, 우리 자신의 경계 너머에 닿기
　　위해,
그 방법들을 내려놓기 위해, 깨어나기 위해.

나는 이 전쟁들의 첫 번째 세기에 살았다.

The Power of Suicide

The potflower on the windowsill says to me
In words that are green-edged red leaves:
Flower   flower   flower   flower
Today for the sake of all the dead   Burst into flower.

1963

자살의 힘

창턱 화분의 꽃이 내게 말한다
초록 테두리의 빨간 이파리 언어로.
꽃 꽃 꽃 꽃
오늘, 모든 죽은 이를 위해   꽃으로 피어나라.

1963

The Seeming

for Helen Lynd

Between the illuminations of great mornings
there comes the dailiness of doing and being
and the hand as it makes as it brightens   burnishes
the surfaces   seemings   mirrors of the world

We do not know the springs of these colored and loving
acts   or what triggers birth   what sleep is
but name them as we name bird-wakened morning
having our verbs of the world
to which all action seems
to resolve, being

to go, to grow, to flow, to shine, to sound, to glow,
to give and to take, to bind and to separate,
to injure   and to defend

we do not even   not even know why we wake

겉모습

헬렌 린드*에게

핑장한 아침의 빛줄기 사이에서
행위와 존재의 일상성이 찾아든다
그리고 손은 만들면서, 비추면서,
표면에 겉모습에 세계의 거울에 광을 낸다

우리는 색채를 띤 이 다정한 행위들의 근원을
알지 못한다 무엇이 탄생을 도모하는지 무엇이 잠인지도
그러나 새소리로 깨어난 아침에 이름을 붙이듯 그것들에
      이름을 붙인다
모든 행위를 해명하는 듯한
이 세계의 동사들이 있으니,
그것들은

가다, 자라다, 흐르다, 빛나다, 소리내다, 반짝이다,
주다와 받다, 묶다와 흩뜨리다,
상처 내다 그리고 방어하다.

우리는 심지어 우리가 왜 깨어나는지조차 알지 못한다

but some of us showing the others
a kind of welcoming
bringing a form to morning
as a woman who recognizes
may offer us the moment and the names
turning all shame into a declaration
immediately to be followed by
an act of truth
until all seemings are

       illumination

we see in a man a theme
a dream taking over
or in this woman going today who has shown us
fear, and form, and storm turned into light
the dailiness of our being and doing
morning and every time the way to naming
and we see more now coming into being

see in her goings as in her arrivings
the opening of a door

하지만 우리 중 누군가는 다른 사람들에게
일종의 환대를 보여주고
아침에 형태를 부여하고
알아볼 줄 아는 여성으로서
그 순간과 그 이름들을 주는 것이다.
모든 부끄러움을 선언으로 바꾸어
진실한 행위가 곧바로 그 뒤를
따르게 하는 것이다
모든 겉모습이
                              비춤이 될 때까지
우리는 어떤 남자에게서
그를 장악해버리는 한 주제를 보지만,
우리에게 두려움을 보여주고, 형태를 보여주고, 빛으로 변하는
폭풍을 보여준, 오늘을 보내는 이 여자에게서는
우리 존재와 행위의 일상성을,
아침을, 이름 붙이는 방식들의 매 순간을 본다
이제 우리는 좀 더 많은 것들이 존재가 되어감을 본다

그녀가 가고 또 오는 모습 속에서
문 하나가 열리는 모습을 본다

* 헬렌 린드(Helen Lynd, 1896~1982)는 미국의 사회학자, 철학자,
  교육자이자 작가다. 인디애나 주의 먼시라는 전형적인 중류 도시를 연구하여
  미국인의 삶에 산업혁명이 미친 영향을 연구한 것으로 알려져 있다.

Song from *Puck Fair*

Torrent that rushes down
Knocknadober,
Make the channel deeper
Where I ferry home.

Winds go west over
Left-handed Reaper
Mountain that gathered me
Out of my old shame —

Your white beard streaming,
Puck of summertime,
At last gave me
My woman's name.

'퍽 페어'*에서 들은 곡

노크너도버**에서부터
세차게 내려오는 급류,
그 물길을 더욱 깊어지게 하라
연락선으로 집에 오는 그 물길을.

바람은 서쪽으로 향한다
왼손잡이 수확자를 지나,
해묵은 수치로부터
나를 거둬준 산을 지나—

너의 넘실거리는 하얀 수염,
여름날의 퍽이여,
마침내 내게
내 여자의 이름을 주었네.

* 퍽 페어(Puck Fair)는 사흘간 염소를 왕처럼 대접하는 아일랜드의 전통
  축제다. 염소를 닮은 숲의 신 판(Pan)에게 풍요를 기원하기 위한
  것이라고도 하고, 염소가 크롬웰의 침략을 예고한 데서 기원했다고
  하기도 한다.
** 노크너도버(Knocknadober)는 해발 690미터에 이르는 아일랜드의 산
  이름이다.

Not Yet

A time of destruction. Of the most rigid powers in ascendance.
Secret plots against them, open work against them in round
      buildings.
All fail. Any work for fluency, for freedom, fails.
Battles, The wiping out of cities full of people.
Long tracts of devastation.

In one city: a scene of refugee, each allowed to take
a suitcase of bedding, blankets, no more. An old man, a professor.
He has hidden a few books and two small statues in a blanket
and packed his case. He comes in his turn to the examining desk.
He struggles about the lie, the suitcase is thrown over the cliff
where all the statues lie broken, the books, pictures, the records.

Long landscapes of devastation. Color modulated between
sparse rigid monuments. Long orange landscapes
shifting to yellow-orange to show a generation.
Long passage of time to yellow. Only these elite,
their army tread on yellow terrain. Their schools. Their children.

아직 오지 않은

파괴의 시간. 힘 있는 자리, 가장 경직된 권력의 시간.
둥근 빌딩 속 그들에게 맞설 비밀스러운 책략들, 공개된 작업들.
모두가 실패한다. 능수능란함을 위한, 자유를 위한 모든 작업이
    실패한다.
전투들, 사람으로 그득한 도시를 쓸어버리는 일.
길고 긴 파괴지대.

어느 도시: 피난민의 한 장면. 각자에겐 침구와 담요를 넣은
여행가방만이 허락되었고, 그 이상은 금지되었다. 한 나이든
    남자 교수.
그는 몇 권의 책과 자그마한 조각상 두 개를 담요 속에 숨겨
가방을 쌌다. 그가 검열대 앞에 설 차례가 되었다.
그는 해야만 하는 거짓말로 애를 썼다. 그는 거짓말했고, 아무
    것도 신고하지 않았다.
거짓말을 했음에도, 가방은 절벽으로 내던져졌고
조각상들은 부서졌다. 책도, 사진도, 레코드판도.

기나긴 파괴의 풍경들. 드문드문 놓인 위압적인 기념비들
    사이에서
빛들이 변한다. 기다란 주황빛 풍경에서
누르스름한 빛으로 바뀌며 한 세대를 보여준다.
노랑으로 가는 긴 시간의 통로. 오직 이 엘리트들만이,
그들의 군대만이 노란 땅을 밟는다. 그들의 학교. 그들의 아이들.

A tradition of rigor, hatred and doom is now
— generations after — the only sole tradition.
I am looking at the times and time as at a dream.
As at the recurrent dream of a locked room.
I think of the solution of the sealed room mystery
of the chicken and the egg, in which the chicken
feeds on his cell, grows strong on the sealed room
and finally
                    in strength
                                   eating his prison
pierces the shell.
                    How can this room change state?
I see its sky, its children. I cannot imagine.

I look at the young faces of the children
in this tradition, far down the colors of the years.
They are still repeating their shut slogans
with "war" substituted for freedom. But their faces glow.
The children are marvelous, singing among the wars.
They have needed the meanings, and their faces show
this: the solution.
                    The words have taken on
all their forbidden meanings. The words mean their opposites.
They must, they are needed.

엄격함과 혐오, 그리고 파멸의 전통은 이제
—몇 세대가 지나—단 하나 남은 전통이다.
나는 시류를 보면서 꿈을 보듯 시간을 본다.
반복되는 갇힌 방 꿈을 보듯이.
나는 밀폐된 방의 미스터리를 풀 방법에 대해 생각해본다.
닭이 먼저냐 달걀이 먼저냐 하는 문제를. 여기서 닭은
제 세포를 먹고, 그 밀폐된 방에서 튼튼하게 자라
마침내
            힘을 갖추어
                        그의 감옥을 먹어치우고
껍데기를 부순다.
                        어떻게 이 방이 상태를 바꿀 수 있지?
나는 그 방의 하늘을, 그 방의 아이들을 본다. 상상할 수는 없다.

나는 아이들의 앳된 얼굴을 본다
이 전통 속에서, 시대의 빛깔들을 멀리 지나서.
그들은 여전히 자유 대신 '전쟁'이 들어간
닫힌 구호들을 반복하고 있다. 하지만 그들의 얼굴은 빛난다.
아이들은 경이롭다. 전쟁 가운데서도 노래를 부른다.
그들은 의미가 필요했지만, 그 얼굴들이
보여준다. 해결책을.
                        말들이 그 모든
금지된 의미를 떠안았다. 말들이 정반대의 것을 의미한다.
그래야만 한다. 필요하니까.

Children's faces, lit, unlit,
the face of a child.

아이들의 얼굴, 밝혀진, 어두워진
한 아이의 얼굴.

Landscape with Wave Approaching

1

All of the people of the play were there,
swam in the mile-long wave, among cliff-flowers
were pierced, hung and remembered a sunlit year.

2

By day white moths, the nightlong meteors
flying like snow among the flowery trees —
hissing like prophecy above those seas.

3

The city of the past. The past as a city
and all the people in it, your childhood faces,
their dances, their words developing, their hands.

4

The fertile season ending in a glitter;
blight of the forest, orange, burning the trees away,
the checkered light. Full length on naked sand.

다가오는 파도의 풍경

1

그 연극 속 사람들은 모두 거기 있었다.
절벽에 핀 꽃들 사이, 1마일에 이르는 파도 속에서 수영을 하며
파도 속에 꽂혀 있거나 걸린 채로, 햇살로 빛난 한 해를 기억했다.

2

낮에는 하얀 나방들이, 밤새도록 이어지는 유성이
꽃나무들 사이를 눈처럼 날았다—
그 바다 위를 예언자처럼 쉿 쉿 소리 내며.

3

과거의 도시. 도시로서의 과거
그 도시 속 모든 사람들로서의 기억, 너의 유년기 얼굴들,
그 춤들, 그 성숙하는 말들, 그 손들.

4

광휘 속에서 저물어가는 비옥한 계절,
숲의 마름병, 주황빛, 나무를 태워버리는
가지각색의 빛. 헐벗은 모래사장에 드러난 전신.

5

All of the people of the play were there,
smiling, telling their truths, coming to crisis.
This water, this water, this water. These rocks, this piercing sea.

6

Flower of time, and a plague of white trilling in sunlight,
the season advancing on the people of the play,
the scars on the mountains and the body of fire.

Carmel, California

5

그 연극 속 사람들은 모두 거기에 있었다.
웃으며, 그들의 진실을 말하며, 고비에 달하면서.
이 물, 이 물, 이 물. 이 돌들, 이 꿰뚫는 바다.

6

시간의 꽃, 햇빛 아래 떨리며 옮아가는 흰색,
연극 속 사람들을 향해 전진하는 계절과,
산에 새겨진 흉터들과 불의 육체들.

캘리포니아 카멜에서

Serge Song

Your song where you lie long dead on the shore of a Spanish river—
your song moves under the earth and through time, through air—
Your song I sing to the sun as we move
and to the cities
sing to the mimosa
sing to the moon over my face

세르주강의 노래

당신의 노래, 그대가 죽어 길게 누워 있던 스페인 강변에서—
당신의 노래는 땅 밑에서, 시간을 관통하고, 대기를 뚫고 흐른다—
당신의 노래는 우리가 움직일 때 내가 태양에게 불러주는 곡,
도시를 향해
미모사에게 불러주는
내 얼굴에 비친 달에게 불러주는 곡.

Bunk Johnson Blowing

in memory of Leadbelly
and his house on 59th Street

They found him in the fields and called him back to music.
Can't, he said, my teeth are gone.   They bought him teeth.

Bunk Johnson's trumpet on a California
early May evening, calling me to

breath of ...
up those stairs ...
calling me to
look into
the face of that
trumpet
experience
and past it
his eyes

Jim and Rita beside me. We drank it. Jim had just come back
from Sacramento the houses made of piano boxes the bar
        without
a sign and the Mexicans drinking we drank the trumpet music
and drank that black park moonlit beneath the willow trees,

연주하는 벙크 존슨*

레드벨리**와
59번가에 있는 그의 집을 추모하며

사람들이 들판에서 그를 찾아 다시 음악을 하라 외쳤다.
그는 말했다. 할 수 없어요, 내 이가 모두 나갔는걸요.
　　사람들이 그에게 이를 사 주었다.

이른 5월의 저녁, 캘리포니아에서
벙크 존슨의 트럼펫은 나를 불렀다

그 위층 계단들의…
… 숨결로
나를 불러
그 트럼펫
경험의
얼굴과
그것 너머
그의 눈을
들여다보게끔

내 옆엔 짐과 리타가 있었다. 우리는 들이마셨다. 짐은 이제 막
새크라멘토에서 돌아왔다. 피아노 상자로 만든 집들
간판 없는 바, 술 마시는 멕시코 사람들, 우리는 트럼펫 음악을
　　마셨다
버드나무 아래 달빛 드리운 검은 공원을 마셨다.

Bunk Johnson blowing all night out of that full moon.
Two-towered church. Rita listening to it, all night
music! said, I'm supposed to, despise them.
Tears streaming down her face. Said, don't tell my ancestors.

We three slid down that San Francisco hill.

벙크 존슨은 밤새 보름달을 불어댔다.
두 개의 탑이 있는 교회. 리타는 들었다. 밤새도록
음악을! 말하기를, 저것들을 경멸해야 하는데.
눈물이 그녀 얼굴을 타고 흘렀다. 말하기를, 내 조상들에겐
　　말하지 말아요.

우리 셋은 그 샌프란시스코 언덕을 미끄러져 내려왔다.

*　미국의 재즈트럼펫 연주자.
**　본명은 후디 레드베터(Huddie Ledbetter, 1888~1949), 미국의 블루스
　　가수이자 기타리스트다.

Cannibal Bratuscha

Have you heard about Mr. Bratuscha?
He led an orderly life
With a splendid twelve-year-old daughter,
A young and passionate wife —
    Bratuscha, the one they call Cannibal.

Spring evening on Wednesday,
The sky is years ago;
The girl has been missing since Monday,
Why don't the birches blow?
    And where's their daughter?

Nine miles to the next village
Deep in the forested past —
Wheatland, marshland, daisies
And a gold slender ghost.
    It's very difficult to keep them safe.

She hasn't been seen and it's Thursday.
Down by the river, raped?
Under the birches, murdered?
Don't let the fiend escape,
    First, we'll track him down and catch him.

식인 브라투샤*

브라투샤 씨에 대해 들어본 적 있나요?
그는 평범한 삶을 살았죠,
아주 인상적인 열두 살 딸과,
젊고 정열적인 부인과 함께.
  브라투샤, 그는 식인자라고 불리죠.

봄날 저녁, 어느 수요일,
하늘은 오래전 같았어요.
소녀는 월요일부터 실종 상태였죠.
왜 자작나무가 흩날리지 않지?
  그 집 딸은 어디 있어?

옆마을까지는 9마일
깊고 깊은 숲길을 지나면—
밀밭이, 늪지대가, 데이지 꽃밭이,
그리고 호리한 금빛 유령이.
  안전하기가 쉽지 않았죠.

아이는 보이지 않았고, 목요일이 됐어요.
강 하구에서, 강간당했대?
자작나무 아래에서, 살해당했대?
그 악한을 도망치게 두지 마,
  먼저, 우리가 추적해서 붙잡을 거야.

The river glittering in sunlight,
The woods almost black — and she
Was always a darling, the blond young daughter,
Gone gone vanished away.
    They say Bratuscha is ready to talk.

O God he has told the whole story;
Everything; he has said
That he killed his golden daughter
He ate her, he said it!
    Eaten by the cannival, Cannibal Bratuscha.

Down at the church her mother
In the confession booth —
She has supported his story,
She has told the priest the truth;
    Horror, and now the villagers gather.

They are ready to lynch Bratuscha,
Pounding at his door —
Over the outcries of the good people
Hear the cannibal roar —
    He will hold out, bar the doorway, fight to the death.

햇빛에 반짝이는 강,
검정에 가까운 숲—소녀는
언제나 사랑스러웠죠, 금발의 어린 딸,
가버린, 가버린, 사라져버린.
　　브라투샤 씨가 입을 연대, 사람들이 말했죠.

이럴 수가, 그가 이야기의 전말을 들려주었어요.
전부를. 그가 고백하길,
그가 그의 금빛 딸을 살해해
먹어치웠다고 하더라니까요!
　　식인 브라투샤에게 먹힌 거예요.

저 아래 교회에서 아이 엄마는
고해성사실에 들어갔어요.
그녀는 그의 이야기에 보태
신부님께 진실을 말했죠.
　　공포, 마을 사람들이 모였습니다.

그들은 브라투샤를 린치할 준비가 되었어요.
그의 집 문을 두들겼죠.
선한 사람들의 격렬한 항의 너머로
식인자의 으르렁거림이 들렸습니다.
　　그는 문을 막고 버티고 서서 죽을 때까지 싸울 것이었어요.

But who is this coming, whose shadow
Runs down the river road?
She is coming, she is running, she is Alive and abroad—
　　She is here, she is well, she was in the next village.

The roaring dreams of her father:
He believed all he confessed—
And the mother was threatened with hellfire
By the village priest
　　If she didn't tell everything, back up what Bratuscha said.

This all took place some time ago
Before all villages joined—
When there were separate, uncivilized people,
Only the birds, only the river, only dreams and the wind.
　　She had just gone off for a few days, with a friend.

But O God the little Bratuscha girl
What will become of her?
Her mother is guilt suggestion panic
Her father of dreams, a murderer
　　And in waking and in fantasy and now and forever.

하지만 여기 오고 있는 이는 누구인가요? 저 강가를
따라 달리는 그림자는 누구의 것이죠?
소녀가 오고 있어요. 아이가 달려와요. 살아 집 밖에 있어요!
　아이는 여기 있어요. 괜찮고요. 옆마을에 있었대요.

아이 아버지의 포효하는 꿈들.
그는 자신이 고백한 바를 전부 믿어버린 거죠.
마을 신부가 언급한 지옥불이
아이 엄마를 위협했고요.
　만약 그녀가 말을 골랐다면, 남편 말이 모두 사실이라 하지
　　않았다면.

이 모든 게 얼마 전에 일어났습니다.
모든 마을이 모이기 전,
그들이 흩어져 야만적인 사람들로 살 때,
오직 새들만이, 오직 강만이, 오직 꿈들과 바람만이 있었을 때.
　그 소녀는 그저 며칠 집을 비웠던 거예요, 친구와 함께.

하지만 신이여, 그 어린 브라투샤 소녀가
장차 무엇이 되겠어요?
제 어미는 죄책감에 공황을 겪고
깨어나건 환상 속에서건
　꿈에 사로잡힌 제 아비는 앞으로 내내 살인자인걸.

Who will help her and you and me and all those
Children of the assumption of guilt
And the roaring fantasy of nightmare
The bomb the loathing all dreams split
    Upon this moment and the future and all unborn children.

We must go deep go deep in our lives and our dreams—
Remember Cannibal Bratuscha his wife and his young child
And preserve our own ideas of guilt
Of innocence and of the blessed wild
    To live out our own lives to make our own freedom to make
    the world.

누가 그녀를 당신을 나를
유죄로 추정되었던 그 모든 어린아이들을 도울까요.
포효하는 악몽의 환상을요.
그 폭탄을 그 증오를요. 이 순간까지 조각난
　모든 꿈들을, 미래를요. 태어나지 않은 모든 아이들을요.

우리는 우리 삶에 우리 꿈에 더욱 깊이 깊이 들어가야 해요.
식인자 브라투샤와 그의 아내를 그의 어린아이를 기억하세요.
그리고 우리 자신의 죄의식을
무죄를 그 축복받은 야성을 지켜나가세요.
　우리 삶을 충분히 살아서 우리 자신의 자유를 꾸려 세계를
　　짓기 위해서요.

* 프란츠 브라투샤(Franz Bratuscha)가 12살 난 자신의 딸을 질식시키고 태워
　조각내 삼켰다고 거짓 증언한 과거 사건에 기반한다.

What Have You Brought Home From the Wars?

What have you brought
home from the wars, father?
Scars.
We fought far overseas; we knew
the victory must
be at home.
But here I see
only a trial by time
of those
who know.
The public men all shout: Come bomb,
come burn
our hate.
I do not
want it shot;
I want it solved.
This is the word
the dead men said.
They said peace.
I saw in the hot light
of our century
each face killed.

전쟁에서 무얼 갖고 집에 오신 거예요?

전쟁에서 집으로 무엇을
가지고 오신 거예요, 아버지?
흉터.
우리는 저 멀리 외국에서 싸웠단다. 우리는
알고 있었지, 고국엔 반드시
승리가 있으리라는 걸.
하지만 여기서 내가 보는 거라고는
아는
사람들에 대한
시간의 심판뿐.
공인(公人)들은 모두 소리치지. 폭탄이여 와라,
와서 태워라
우리의 증오를.
나는 폭발을
원하지 않아.
해결을 원할 뿐.
이것은 죽은 사람들의
말이란다.
그들은 평화라고 말했지.
나는 우리 세기의
뜨거운 빛 속에서 보았다.
살해당한 모든 얼굴을.

One Month

for Dorothy Lear

All this time
you were dead and I did not know
I was learning to speak
and speaking to you
and you were not there
I was seeing you
tall, walking the corridor
of that tall shining building
I was learning to walk
and walking to you
and it was not true
you were still living still lying still
it was not true
that you were giving me a rose
telling me stories
pouring a wine-story, there were bubbles in it
all this time
I was remembering untrue
speaking untrue, seeing a lie.

It is true.

한 달

도러시 리어에게

이제까지
당신은 죽어 있었고 나는 몰랐어요
나는 말하는 법을 배우고 있었고
당신에게 말하고 있었는데
당신은 거기 없었어요
나는 당신을 보고 있기도 했어요
키가 큰, 높고 번쩍이는
건물 복도를 걷고 있던 당신을
나는 걷는 법을 배우며
당신을 향해 걷고 있었는데
당신이 여전히 살아 있고 여전히 가만히 누워 있다는 건
사실이 아니었어요
당신이 내게 장미 한 송이를 주고
이야기를 들려주고
거품이 이는 와인 이야기를 쏟아내고 있다는 건
사실이 아니었어요
이제까지
사실이 아닌 걸 기억하고 있었어요
사실이 아닌 걸 말하고 거짓을 보고 있었죠.

이게 진실이에요.

What They Said

: After I am dead, darling,
    my seventeen senses gone,
I shall love you as you wish,
    no sex, no mouth, but bone —
    in the way you long for now,
with my soul alone.

: When we are neither woman nor man
    but bleached to skeleton —
when you have changed, my darling,
    and all your senses gone,
    it is not me that you will love:
you will love everyone.

그들이 뭐라고 하느냐면

:   내가 죽고 나면, 그대,
      나의 열일곱 감각이 사라지니,
    그대가 원하는 대로 그댈 사랑하겠소,
      섹스 없이, 입 없이, 뼈만 가지고—
      당신이 지금 갈망하는 그 방식으로
    오직 영혼만 가지고서.

:   우리가 여자도 남자도 아니고
      그저 탈색된 뼈다귀일 때,
    당신이 변하고, 연인이여,
      당신의 모든 감각이 사라지고 나면,
      당신이 사랑하게 되는 건 내가 아니오.
    당신은 모두를 사랑하게 되는 거야.

A Little Stone in the Middle of the Road, in Florida

My son as child saying
God
is anything, even a little stone in the middle of the road,
    in Florida.
Yesterday
Nancy, my friend, after long illness:
You know what can lift me up, take me right out of despair?
No, what?
Anything.

도로 한복판에 놓인 작은 돌멩이 하나,
플로리다에서

내 아들이 아이였을 때 말하기를
하느님은
만물이야, 도로 한복판에 놓인 작은 돌멩이 하나도 말이야.
　　플로리다에서 그랬다.
어제
오랜 병을 앓은 내 친구 낸시는,
무엇이 날 일으켜주는지 아니? 나를 곧바로 절망에서 구해내는
　　것 말이야.
몰라, 뭔데?
만물이야.

The Blue Flower

for Frances G. Wickes on her ninetieth birthday,
August 28, 1965

Stroke by stroke, in the country of the fragile
stroke by stroke, each act a season
speaking the years of making
this flower
shining over the fears
over the cities
and the camps of death.
Shines from a field
of eighty-seven years,
the young child and the dream.

In my city of stone,
water and light
I saw the blue flower
held still, and flying —
never seen by me
but in your words given;
fragile, mortal
that endures.

By turns flying and still.
"AngkorVat, a gray stone city
but the flight of kingfishers
all day enlivened it" —
a blue flash given to us, past stone and time.

푸른 꽃

1965년 8월 28일, 프랜시스 G. 위키스*의
아흔 번째 생일날

한 획, 한 획, 연약한 자들의 나라에서
한 획, 한 획, 매 획이 계절이 되어
공포 위로
도시 위로
죽음의 수용소 위로 빛나는
이 꽃을
빚어낸 몇 년을 증언한다.
팔십칠 년 동안의 벌판으로부터 온 빛을,
그 어린아이를, 꿈을.

돌과, 물과 빛의
나의 도시에서
나는 푸른 꽃을 보았다
가만히 피어, 날고 있는—
내가 직접 보지 못했지만
그대 말 속엔 있는.
부서지기 쉽고 유한하며
견디고 있는.

차례로 날았다가 가만했다가.
"앙코르와트, 회색빛 암석의 도시
그러나 물총새의 비행이
온종일 도시를 생동하게 만들지"—
돌과 시간을 지나쳐, 우리에게 주어진 푸른 불빛.

Blaze of mortality
piercing, tense
the structure of a dream
speaking and fragile,
momentary,
for now
and ever and all
your blue flower.

유한성의 불길
꿰뚫는 듯 강렬한
꿈의 구조
증언하는, 부서지기 쉬운
찰나의 것이나
이제와
항상 영원히
당신의 푸른 꽃.

Woman as Market

FORGETTING AND REMEMBERING

What was it? What was it?
Flashing beside me, lightning in daylight at the orange stand?
Along the ranks of eggs, beside the loaves of dark and light?
In a moment of morning, providing:
the moment of the eggplant?
          the lemons? the fresh eggs?
with their bright curves and curves of shadow?
the reds, the yellows, all the calling boxes.
What did those forms say? What words have I forgotten?
what spoke to me from the day?
God in the cloud? my life in my forgetting?
I have forgotten what it was
that I have been trying to remember

시장 여인

잊는 것과 기억하는 것

무엇이었지? 무엇이었지?
내 곁에서 번쩍거리며, 대낮에도 오렌지 가판에서 빛을 내던 것은?
열 맞춘 달걀을 따라, 어둠과 빛의 덩어리들 옆에서?
아침의 어느 순간에, 뭐가 있었지?
가지의 순간?
        레몬의 순간? 신선한 달걀의 순간?
환한 곡선들과 어둑한 곡선들이 있었을까?
붉은 것, 노란 것, 공중전화박스.
그 형태들이 말하는 게 뭐였지? 내가 잊은 말들이 뭐지?
그날부터 무엇이 내게 말을 걸었나?
구름 속 신? 망각 속 나의 삶?
기억해내려 했던 것이 무엇인지
나는 잊어버렸다

Endless

Under the tall black sky you look out of your body
lit by a white flare of the time between us
your body with its touch its weight   smelling of new wood
as on the day the news of battle reached us
falls beside the endless river
flowing to the endless sea
whose waves come to this shore a world away.

Your body of new wood your eyes alive barkbrown of treetrunks
the leaves and flowers of trees   stars all caught in crowns of trees
your life gone down, broken into endless earth
no longer a world away but under my feet and everywhere
I look down at the one earth under me,
through to you and all the fallen
the broken and their children born and unborn
of the endless war.

끝없는

높고 검은 하늘 아래서 당신은 당신 몸 바깥을 내다본다
우리 사이 시간의 빛으로 불 밝혀진
당신의 몸, 그 손길, 그 무게, 새로운 나무 향기가 나는.
전쟁의 소식이 우리에게 닿았던 바로 그날처럼
끝없이 흐르는 강 옆으로 쓰러지고   .
끝없는 바다로 흘러가는데
그 바다의 물결은 한 세계 먼 이곳 해안까지 닿는다.

새로운 나무인 당신 몸과 당신의 눈 살아 있는 나무 몸통의
        진갈색
나무의 잎들과 꽃들 나무들의 왕관에 하나같이 걸린 별들
당신의 삶은 지고, 끝없는 지구로 부서져 내려
더 이상 한 세계 멀리 있지 않지만 내 발 아래 모든 곳에
나는 내 아래 하나의 지구를 내려다본다.
당신을 지나, 모든 스러진 자들을 지나
부서진 자들을, 그들의 태어난, 태어나지 않은 아이들을 본다.
이 끝없는 전쟁 가운데서.

2 게임들

The Backside of the Academy

Five brick panels, three small windows, six lions' heads
    with rings in their mouths, five pairs of closed bronze doors —
the shut wall with the words carved across its head
ART REMAINS THE ONE WAY POSSIBLE OF
SPEAKING TRUTH. —
On this May morning, light swimming in this street,
    the children running,
on the church beside the Academy the lines are flying
of little yellow-and-white plastic flags flapping in the light;
and on the great shut wall, the words are carved across:
WE ARE YOUNG AND WE ARE FRIENDS OF TIME. —
Below that, a light blue asterisk in chalk
and in white chalk, Hector, Joey, Lynn, Rudolfo.
A little up the street, a woman shakes a small dark boy.
she shouts What's wrong with you, ringing that bell!
In the street of rape and singing, poems, small robberies,
carved in an oblong panel of the stone:
CONSCIOUS UTTERANCE OF THOUGHT BY
    SPEECH OR ACTION
TO ANY END IS ART. —
On the lowest reach of the walls are chalked the words:
    Jack is a object,
Walter and Trina, GOO goo, I love Trina,

학교의 뒤편

다섯 면의 벽돌 벽, 세 개의 작은 창, 입에 고리가 걸린
　　　여섯 개의 사자 머리, 다섯 쌍의 닫힌 청동문—
닫힌 벽의 상단을 가로지르는 문자들은
예술은 진실을 말할 수 있는
　　　유일한 방법으로 남아 있다.—
이 오월의 아침, 거리를 유영하는 빛과
　　　달리는 아이들,
학교 옆 교회에서는 노랗고 하얀 비닐 깃발들이
빛 속에서 줄지어 펄럭인다
거대한 닫힌 문 위를 가로질러 새겨진 문자들은
젊은 우리는 시간의 친구—
그 아래, 하늘색 분필로 그린 별표와
하얀 분필로 쓴 헥터, 조이, 린, 루돌포.
거리를 조금 더 올라가면, 한 여자가 얼굴 까만 작은 소년을
　　　흔들어대며 윽박지른다.
"뭐가 문제야, 초인종은 왜 눌러!"
강간과 노래, 시, 좀도둑들의 도로에서
직사각형 석관엔 이런 게 새겨져 있다.
말이나 행동을 통해
　　　의식적으로 생각을 내뱉는 것은
목적이 무엇이든 예술이다.—
손 닿는 가장 낮은 벽에는 단어들이 분필로 쓰여 있다.
　　　잭은 멍청이,
월터와 트리나, 구 구, 나는 트리나를 사랑해.

and further along Viva Fidel now altered to Muera Fidel.
A deep blue marble is lodged against the curb.
A phone booth on one corner; on the other, the big mesh
    basket for trash.
Beyond them, the little park is always locked. For the two
    soldier brothers.
And past that goes on an eternal football game
which sometimes, as on this day in May, transforms to stickball
as, for one day in May,
five pairs of closed bronze doors will open
and the Academy of writers, sculptors, painters, composers,
    they guests and publishers will all roll in and
the wave of organ music come rolling out into
the street where light now blows and papers and little
    children and words, some breezes of Spanish blow
        and many colors of people.

A watch cap lies fallen against a cellophane which used
    to hold pistachio nuts
and here before me, on my street,
five brick panels, three small windows, six lions' heads with
    rings in their mouths, five pairs of closed bronze doors,
light flooding the street I live and write in; and across the
    river the one word FREE against the ferris wheel and
        the roller coaster,
and here, painted upon the stones, Chino, Bobby, Joey,
    Fatmoma, Willy, Holy of God
and also Margaret is a shit and also fuck and shit;
far up, invisible at the side of the building:

멀찍이 쓰인 피델 만세는 피델 죽어라로 바뀌어 있다.
짙은 푸른색 대리석이 연석에 기대 있고
한 모퉁이에는 공중전화가, 길 건너에는 커다란 철망
　　쓰레기통이.
그 너머에는 작은 공원이 언제나 잠겨 있다. 두
　　군인 형제를 위해.
거길 지나가다 보면 영원히 끝나지 않는 축구경기 중인데
오늘 같은 오월의 날엔 종종 스틱볼로 변하기도 한다
오월의 어떤 날엔
다섯 쌍의 닫힌 청동문이 열리고
학교의 작가들과 조각가들과 화가들과 작곡가들과
　　그들의 손님들과 출판업자들이 모두 밀려들고
오르간 음악의 파도가 밀려나와 거리를 채울 것이다
지금은 빛이 날리는, 종이와 어린
　　아이들과 말들이, 스페인의 미풍과
　　　여러 빛깔 사람들이 불어오는 그 거리를.

두터운 모자 하나가 피스타치오를 쌌던 셀로판지 위에
　　떨어져 있고
여기 내 앞, 나의 거리에는,
다섯 면의 벽돌 벽, 세 개의 작은 창, 입에 고리가 걸린
　　여섯 개의 사자 머리, 다섯 쌍의 닫힌 청동문이 있고
내가 살며 글을 쓰는 거리엔 빛이 흘러넘치고 있다.
　　강 건너에는
　　단 하나의 단어 자유가 대관람차와
　　　롤러코스터에 새겨져 있다.
그리고 여기, 돌 위에 그려진 것은 치노, 바비, 조이,
　　팻모마, 윌리, 성령이시여
그리고 마거릿은 똥이야, 씨발, 똥이라고.
저 멀리 위, 건물 옆면의 안 보이는 지점엔

WITHOUT VISION THE PEO

and on the other side, the church side,

where shadows of trees and branches, this day in May, are
     printed balanced on the church wall,

in-focus trunks and softened-focus branches

below the roof where the two structures stand,

bell and cross, antenna and weathervane,

I can see past the church the words an ending line:

IVE BY BREAD ALONE.

비전 없이 사ᄅ
그리고 그 반대편, 교회 쪽에는,
나무들과 가지들의 그림자가, 오월의 오늘,
　　　교회 벽에 균형 잡힌 모습으로 새겨져 있다.
초점 맞은 나무 몸통과 초점 나간 가지들이
두 구조물이 세워져 있는 지붕 아래에
종과 십자가 사이, 안테나와 풍향계 사이에 있고.
교회를 지나자 나는 마지막 행의 단어들을 볼 수 있었다.
빵만으로 산다.

Mountain

One from Bryant

Wildflowers withering with the same death.
Grave a slope, threw she long shadows,
Mountain o'erlooking earth, affect and places
High.   On God that time, the elder worshipper,
Deemed spirit, made here a tribe of offering,
Bear and wolf of skins shaggy, maze of ears
And garlands lay.   Mother, my dreams, night and
Mockings like friends, pastimes hate I
And business accursed upon me glares;
The life of the sick is sorrow, guilt, and love.
Eye her then, vain in might, simple as heart.
Heaven props earth with columns; mountains raise
Distances, blue in hills, upward swell fields.
Man has ages for soil, mining himself
To paradise.   The scene murmurs.   Struggle with winds,
Hear depth dizzy the ear, a thunderbolt of whiteness.
Centuries of growth, darkness of capitals,
Pinnacles and trees shaggy and wild.
North to the drowned!   and nations separate the world.
Shriek eagle in your torrent solitude.
Glens of secret, down into forest-tops,
Beneath a wide-spread earth; majesty and beauty

산
브라이언트의 말을 빌어*

똑같은 죽음으로 시들어가는 야생화들.
경사진 무덤, 산은 긴 그림자들 늘어뜨렸고.
지구를 굽어보는 산, 영향력, 높은
고원. 그 시간 신을 향해, 정령이라 여겨졌던
나이든 숭배자는, 이곳에 제물을 모아놓았다
늘어진 피부의 늑대와 곰, 이삭들로 만든 미로,
그리고 화환들이 놓였다. 어머니, 나의 꿈과 밤과
친구 같은 조롱들, 소일거리들이 난 끔찍하고.
내게 저주처럼 씌워진 일은 나를 노려본다.
병자의 삶은 슬픔과 죄의식, 사랑.
그녀를 보면, 힘 하나 없이, 마음처럼 단순하다.
천국은 기둥들로 땅을 떠받친다. 산들은 거리를,
언덕의 푸르름을, 위쪽의 부푼 언덕을 길러낸다.
인간에게는 땅을 파내려가 천국에 닿을
억겁의 시간이 있다. 풍경이 중얼거린다. 바람과 싸워라.
깊이 들어 귀를 아찔하게 하라, 순백의 벼락을.
수 세기에 걸친 성장, 도심들의 어둠,
늘어지고 거칠어진 첨탑들과 나무들.
북쪽, 물에 잠긴 이들에게로! 국가들은 세계를 갈라놓는다.
쏟아지는 고독 속으로 독수리를 내질러라.
비밀의 협곡, 숲 꼭대기로 들어가 보면,
넓게 펼쳐진 땅 아래, 위엄과 아름다움이

Fail. Foot mountains. Though rocky our ascent,
Face nature in harmony, lovely, and face it! wild.

실패한다. 산을 밟아라. 우리의 등반이 험난할지라도,
조화롭고 사랑스러운 자연을 만나라. 직면하라! 그 모습 그대로.

* 이 시는 윌리엄 컬런 브라이언트(William Cullen Bryant, 1794~1878)의 시
「기념비적 산」(Monument Mountain)의 이미지들로부터 영감을 얻었다.

The Flying Red Horse

On all the streetcorners the children are standing,
They ask What can it mean?
The grownups answer   A flying red horse
Signifies gasoline.

The man at the Planetarium,
Pointing beyond the sky,
Is not going to say the Pegasus
Means poetry.

Some of our people feel like death,
And some feel rather worse.
His energy, in this night of lies,
Flies right against the curse.

What's *red?*   What is the *flying horse?*
They swear they do not know,
But just the same, and every night,
All the streetcorners glow.

날아가는 붉은 말*

거리의 모퉁이마다 아이들이 서 있다.
아이들이 묻는다. 무슨 뜻이에요?
어른들이 대답한다.　날아가는 붉은 말은
가솔린을 뜻한단다.

하늘 저 너머를 가리키는
천체투영관의 그 남자는
페가수스가
시를 의미한다고 말하지 않을 것이다.

우리 중 누군가는 죽음처럼 느낄 테고,
또 누군가는 그보다 더한 것을 느끼리라.
그의 에너지는, 이 거짓들의 밤에,
저주에 맞서 정면으로 날아간다.

붉은 게 뭐지?　날아가는 저 말은 뭐지?
그들은 절대 모른다고 말하지만,
똑같이, 매일 밤마다,
모든 거리의 모퉁이가 빛난다.

Even the Pentagon, even the senators,
Even the President sitting on his arse —
Never mind — over all cities
The flying red horse.

국방성도, 국회의원들도,
심지어 궁둥짝 붙이고 앉은 대통령도,
말해 무엇하리―모든 도시 위를
날아가는 붉은 말.

* 석유회사 모빌 오일(Mobil Oil)사의 상징.

3

The Outer Banks

1

Horizon of island shifting
Sea-light flame on my voice
                                        burn in me
                                                Light
flows from the water from sands   islands of this horizon
The sea comes toward me across the sea.   The sand
moves over the sand in waves
between the guardians of this landscape
the great commemorative statue on one hand
        — the first flight of man, outside of dream,
                seen as stone wing and stainless steel —
and at the other hand
        banded black-and-white, climbing
the spiral lighthouse.

아우터 뱅크스

1

내 목소리의 바닷빛 불꽃을
움직이는 섬의 수평선
                    내 안에서 타들어간다
                                빛은
바다로부터 모래로부터 흘러든다   수평선의 섬들로부터
바다는 바다를 건너 나를 향한다.   모래는
파도 속에서 모래를 건너온다
이 풍경의 두 수호자 사이를.
하나는 위대한 기념상이고
     ─꿈이 아닌, 인간의 첫 비행은,
            돌로 만든 날개와 스테인리스 스틸로 보였다─
다른 하나는
     검은색과 흰색의 줄무늬가, 타고 오르는
나선형 등대.

2

Flood over ocean,
avalanche on the flat beach. Pouring.
Indians holding branches up, to
placate the tempest,
the one-legged twisting god that is
a standing wind.
Rays are branching from all thing;
great serpent, great plume, constellation:
sands from which colors and light pass,
the lives of plants.   Animals.   Men.
A man and a woman reach for each other.

3

Wave of the sea.

2

바다의 홍수,
편평한 해안의 사태(沙汰). 쏟아지는.
인디언들이 나뭇가지들을 받치고 서서,
폭풍을,
그 외다리의 배배 꼬인 신을
계속 부는 바람을 달래고자 했다.
빛줄기들이 만물로부터 갈라져 나오고 있다.
위대한 뱀, 위대한 깃털, 별자리:
색과 빛이 통과하는 모래,
식물들의 삶. 동물들. 인류.
한 남자와 한 여자가 서로에게 닿는다.

3

바다의 물결.

4

Sands have washed, sea has flown over us.
Between the two guardians, spiral, truncated wing,
history and these wild birds
Bird-voiced discovers: Hariot,   Hart Crane,
the brothers who watched gulls.
"No bird soars in a calm,"   said Wilber Wright.
Dragon of the winds forms over me.
Your dance, goddesses in your circle
sea-wreath, whirling of the event
behind me on land as deep in our own lives
we begin to know the movement to come.
Sunken, drowned spirals,
hurricane-dance.

4

모래가 씻겨나가고, 바다가 우리를 덮쳤다.
밑둥 잘린 날개를 가진 나선형의 두 수호자 사이에서,
역사와 이 야생의 새들 사이에서
새의 소리를 한 발견들: 해리엇.* 하트 크레인.**
갈매기를 관찰한 형제들.
"어떤 새도 무풍 속에서 솟아오르진 않지요." 윌버 라이트***가
        말했다.
바람의 용이 내 위에서 형체를 갖춘다.
너의 춤, 너의 원형 속 여신들,
바다의 화환, 소용돌이치는 사건
내 뒤쪽에 펼쳐진, 우리 각자의 삶처럼 깊은 땅 위에서
우리는 다가올 움직임에 대해 알아채기 시작한다.
가라앉아, 물에 잠긴 소용돌이,
허리케인의 춤.

5

Shifting of islands on this horizon.
The cycle of changes in the Book of Changes.
Two islands making an open female line
That powerful long straight bar a male island.
The building of the surf
constructing immensities
between the pale flat Sound
and ocean ever
birds as before earthquake
winds fly from all origins
the length of this wave goes from the great wing
down coast, the barrier beach in all its miles
road of the sun and the moon to
a spiral light house
to the depth turbulence
lifts up its wave like cities
the ocean in the air
spills down the world.

5

이 수평선 위에서 움직이는 섬들.
『역경(易經)』속 변화의 주기.
두 개의 섬이 여자의 선을 펼치고
길고 쭉 뻗은 강렬한 선은 남자의 섬을 이룬다.
큰 파도를 지어 올리는 것
옅고 편평한 해협과
대양 사이에서 언제라도
거대함을 만들어내는 것
지진이 일어나기 전과 다름없는 새들
모든 기원에서부터 날아오는 바람
이 파도의 길이는 거대한 날개에서부터
해변을 따라, 경계의 해변 그 모든 거리를 따라
태양과 달의 길을 따라
나선형의 등대까지
깊숙한 난기류까지 날고
마치 도시를 일으키듯 파도를 일으키고
대기 중의 바다는
세계를 쏟아버린다.

6

A man is walking toward me across the water.
From far out, the flat waters of the Sound,
he walks pulling his small boat

In the shoal water.

A man who is white and has been fishing.
Walks steadily upon the light of day
Coming closer to me where I stand
looking into the sun and the blaze inner water.
Clear factual surface over which he pulls
a boat over a closing quarter-mile.

6

한 남자가 물을 건너 내게로 걸어오고 있다.
저 멀리서부터, 해협의 잔잔한 물결로부터.
그는 작은 보트를 끌며 걷는다

모래톱 바다에서.

흰 얼굴의 한 남자가 낚시를 하고 있다.
한낮의 빛에 꾸준히 기대 걸으며
내게 다가오고 있다, 나는
물 속 태양과 불꽃을 들여다보며 서 있다.
선명하고 사실 같은 표면 위로 그가 보트를 끌고
마지막 반의 반 마일을 다가온다.

7

Speak to it, says the light.
Speak to it music,
voices of the sea and human throats.
Origins of spirals,
the ballad and original sweet grape
dark on the vines near Hatteras,
tendrils of those vines, whose spiral tower
now rears its light, accompanying
all my voices.

8

He walks toward me.   A black man in the sun.
He now is a black man speaking to my heart
crisis of darkness in this century
of moments of this speech.
The boat is slowly nearer drawn, this man.

7

말하라, 빛이 말한다.
음악이여, 말하라,
바다의 목소리여, 인간의 목소리여,
나선의 근원들,
발라드, 그리고 해터러스 근교 덩굴에 새까맣게 매달린
본래부터 달콤한 포도,
그 덩굴의 덩굴손들, 그 나선형 탑이
내 모든 목소리들과 동행하며
이제 자신의 빛을 길러낸다.

8

그가 내 쪽으로 걸어온다. 태양 아래 검은 남자가.
그는 이제 내 심장에 말하는 검은 남자다
이 말을 하는 순간들의
세기 속 어둠의 정점을 들려주는.
보트가 천천히 가깝게 끌려온다, 이 남자도.

The zigzag power coming straight, in stones,
in arcs, metal, crystal, the spiral
in sacred wet
schematic elements of
cities, music, arrangement
spin these stones of home
under the sea
return to the stations of the stars
and the sea, speaking across its lives.

9

A man who is bones is close to me
drawing a boat of bones
the sun behind him
is another color of fire,
the sea behind me
rears its flame.

A man whose body flames and tapers in flame
twisted tines of remembrance that dissolve
a pitchfork of the land worn thin
flame up and dissolve again
draw   small   boat

똑바로 다가오는 갈지자의 힘, 돌 속에서,
　　원호 속에서, 금속 속에서, 수정 속에서, 나선은
신성하게 젖은
　　　　　　　　　　도시의, 음악의, 정렬(整列)의
도식적 요소들 속에서
고향의 돌들을 회전시키고
　　　　　　　　　　　　　　바다 밑에서
별의 정류장으로 돌아간다
그리고 바다로, 그 삶들에 말 걸어가며.

　　9

뼈로 만들어진 한 남자가 내 가까이 있다
뼈로 된 보트를 끌어오면서
그 뒤쪽으로 태양은
또 다른 불의 색을 띠고
내 뒤의 바다는
그 불길을 키운다.

몸이 타올라 불길 속에서 가늘어지는 한 남자가
추억의 가지들을 비틀어
가늘어진 땅의 쇠스랑을 녹이고
불길로 타오르고 또다시 녹아
　　　　　　　　　　끌어온다　작은　배를

Nets of the stars at sunset over us.
This draws me home to the home of the wild birds
long-throated birds of this passage.
This is the edge of experience, *grenzen der seele*
where those on the verge of human understanding
the borderline people stand on the shifting islands
among the drowned stars and the tempest.
"Everyman's mind, like the dumbest,
claws at his own furthest limits of knowing the world,"
a man in a locked room said.

Open to the sky,
I stand before this boat that looks at me.
The man's flames are arms and legs.
Body, eyes, head, stars, sands look at me
I walk out into the shoal water
and throw my leg over the wall of the boat.

우리 위에 펼쳐진 저물녘 별들의 그물.
이것이 나를 집으로, 야생의 새들의 집으로 끌어간다
긴 목을 가진 이 길목의 새들.
이것은 경험의 가장자리, 영혼의 경계****
인간을 이해하기 직전, 경계에 선 이들이
익사한 별들과 폭풍 속 움직이는 섬들 위에
서 있는 곳.
"보통 사람의 마음은, 가장 멍청한 자인 양,
알고 있는 세계의 가장 먼 경계를 할퀸다."
갇힌 방 속에서 남자가 말했다.

하늘 향해 열린 채,
나는 나를 바라보는 보트 앞에 선다.
남자의 불길은 팔이며 다리다.
몸, 눈, 머리, 별, 모래가 나를 보고
나는 여울물 속으로 걸어 들어가
보트 벽에 다리를 걸쳐놓는다.

10

At one shock, speechlessness.
I am in the bow, on the short thwart.
He is standing before me amidships, rowing forward
like my old northern sea-captain in his dory.
All things have spun.
The words gone,
I facing sternwards, looking at the gate
between the barrier islands.   As he rows.
Sand islands shifting and the last of land
a pale and open line   horizon
sea.

10

한 번의 충격, 말잃음.
나는 뱃머리에 있다, 짧은 버팀목 위에.
그는 내 앞, 배 중앙에 서서, 내 오랜
북쪽 바다의 선장이 어선을 끌듯 노 저어 전진하고 있다.
모든 것이 회전했다.
말[言]들은 가버렸고,
나는 배 뒤쪽을 마주하고, 보초도(堡礁島)들 사이의
문을 바라본다.   그가 노를 젓는다.
모래섬들은 떠다니고, 땅의 마지막엔
창백하고 열린 선(線)   수평선
바다.

With whose face did he look at me?
What did I say?   or did I say?
in speechlessness
move to the change.
These strokes provide the music,
and the accused boy on land today saying
What did I say?   or did I say?
The dream on land last night built this the boat of death
but in the suffering of the light
moving across the sea
do we in our moving
move toward life or death

그는 누구의 얼굴로 나를 보았나?
나는 뭐라 말했지? 내가 말을 하긴 했던가?
말잃음 속
변화를 향한 이동.
노를 저을 때마다 음악이 만들어지고,
오늘 육지에서 고발당한 소년은 입을 연다
제가 뭐라고 했죠? 제가 말을 하긴 했나요?
어젯밤 육지에서 꾼 꿈이 이것을 지었다, 죽음의 보트를.
그러나 빛의 시달림 속에서
바다를 가로질러 가며
우리는 움직임 속에서
삶을 향해 가는가, 아니면 죽음을 향해?

11

Hurricane, skullface, the sky's size
winds streaming through his teeth
doing the madman's twist

and not a beach not flooded

nevertheless, here
stability of light
my other silence
and at my left hand and at my right hand
no longer wing and lighthouse

no longer the guardians.
They are in me, in my speechless
life of barrier beach.
As it lies open
to the night, out there.

11

허리케인, 해골 얼굴, 하늘의 크기
그의 치아 사이로 흐르는 바람
광인처럼 몸을 뒤트는

해안가는 아니고 범람하지도 않았으나

그럼에도 불구하고, 여기엔
빛의 단단함,
나의 또 다른 고요
내 왼쪽과 오른쪽엔
더 이상 날개도 등대도 없고

수호자들도 없다.
그것들은 내 안에, 내 말잃음에
연안사주(沿岸沙洲)의 삶에 있다.
그것이 밤을 향해
저쪽에서 열릴 때.

Now seeing my death before me
starting again, among the drowned men,
desperate men, unprotected discoverers,
and the man before me
here.
Stroke by stroke drawing us.
Out there? Father of rhythms,
deep wave, mother.
There is no *out there*.
All is open.
Open water.   Open I.

12

The wreck of the Tiger, the early pirate, the blood-clam's
        ark, the tern's acute eye, all buried mathematical
            instruments, castaways, pelicans, drowned five-
                strand pearl necklace, hopes of livelihood,
                    hopes of grace,
walls of houses, sepia sea-fences, the writhen octopus and
        those tall masts and sails,
marked hulls of ships and last month's plane, dipping his salute
        to the stone wing of dream,
turbulence, Diamond Shoals, the dark young living people:

이제 눈앞에서 나의 죽음을 본다.
다시 시작되는 죽음을, 익사한 사람들 가운데서,
절박한 사람들, 보호받지 못한 발견자들,
그리고 여기
내 눈앞의 남자 사이에서.
한 획 한 획 우리를 그린다.
저 밖? 리듬의 아버지.
깊은 물결, 어머니.
저 밖 같은 건 없다.
모든 게 열려 있다.
열린 물.   열린 나.

12

호랑이호(號)의 난파, 초기의 해적, 복털조개의
　　　방주, 제비갈매기의 매서운 눈, 모두 묻혀버린 수학적
　　　　　도구들, 조난자들, 펠리컨들, 물에 빠진 다섯
　　　　　　　가닥의 진주목걸이, 활기에의 희망,
　　　　　　　　　품위에 대한 희망,
집의 벽들, 적갈색 바다 울타리, 비틀린 문어와
　　　그 키 큰 돛대와 돛들,
이름 적힌 선체들과 지난달의 비행기, 돌로 만든
　　　꿈의 날개에 붙이던 재빠른 경례,
난기류, 다이아몬드 숄, 어두운 피부의 살아 있는 젊은이들:

"Sing one more song and you are under arrest."
"Sing another song."
Women, ships, lost voices.
Whatever has dissolved into our waves.
I a lost voice
moving, calling you
on the edge of the moment that is now the center.
From the open sea.

"한 곡만 더 불러봐, 그럼 너는 체포야."
"다른 노래 불러봐."
여자들, 배들, 잃어버린 목소리들.
우리의 물결에 녹아드는 것이 무엇이든
나, 잃어버린 목소리는
움직이며, 당신을 호출한다.
이제는 중심인, 그 순간의 경계에서.
열린 바다로부터.

---

* 토머스 헤리엇(Thomas Harriot, 1560~1621)은 영국의 수학자이자
  천문학자로, 미대륙 개척 당시 오늘날의 아우터 뱅크스를 발견하는 데
  일조했다고 알려져 있다.
** 하트 크레인(Hart Crane, 1899~1932)은 현대적 서사시 『다리』
  (*The Bridge*)로 잘 알려진 미국의 시인이다.
*** 라이트 형제 중 형.
**** *grenzen der seele* (독일어).

4 삶들

AKIBA

THE WAY OUT

The night is covered with signs. The body and face of man,
with signs, and his journeys.   Where the rock is split
and speaks to the water;   the flame speaks to the cloud;
the red splatter, abstraction, on the door
speaks to the angel and the constellations.
The grains of sand on the sea-floor speak at last to the noon.
And the loud hammering of the land behind
speaks ringing up the bones of our thighs, the hoofs,
we hear the hoofs over the seethe of the sea.

All night down the centuries, have heard, music of passage.

Music of one child carried into the desert;
firstborn forbidden by law of the pyramid.
Drawn through the water with the water-drawn
led by the water-drawn man to the smoke mountain.
The voice of the world speaking, the world covered by signs,
the burning, the loving, the speaking, the opening.
Strong throat of sound from the smoking mountain.
Still flame, the spoken singing of a young child.
The meaning beginning to move, which is the song.

아키바*

출구

밤은 신호들로 점철되어 있다. 사람의 몸과 얼굴이
그리고 그의 여정이, 신호들로.   바위가 갈라져
물에 말을 건 곳에서.   불길이 구름에 말을 건 곳에서.
문가에 피어오른 빨강, 추상으로
천사와 별자리에게 말을 거는 곳에서.
해저의 모래알들이 마침내 정오에게 말을 건다.
뒤에서 들리는 육지의 요란한 쿵 쿵 소리가
우리 허벅지뼈를 울리며 말을 건다, 발굽 소리,
우리는 바다의 부글거림 너머로 발굽 소리를 듣는다.

몇 세기를 내려가는 온 밤에, 들려왔다, 길의 음악이.

한 아이의 음악이 사막으로 옮겨졌다.
피라미드의 법으로 금지된 첫째 아이.
물을 길어 올린 사람들의 물로 길어 올려져
물을 길어 올린 사람들을 따라 연기 오르는 산으로.
불타고, 사랑하고, 말하고, 열리고 있는 것과
신호로 덮인 세계, 말을 거는 세계의 목소리.
연기 오르는 산으로부터 들려오는 강력한 목의 소리.
고요한 불길, 한 어린아이가 뱉은 노랫소리.
의미가 움직이기 시작한다, 노래가 되어.

Music of those who have walked out of slavery.

Into that journey where all things speak to all things
refusing to accept the curse, and taking
for signs the signs of all things, the world, the body
which is part of the soul; and speaks to the world,
all creation being created in one image, creation.
This is not the past walking into the future,
the walk is painful, into the present, the dance
not visible as dance until much later.
These dancers are discoverers of God.

We knew we had all crossed over when we heard the song.

Out of a life of building lack on lack:
the slaves refusing slavery, escaping into faith:
an army who came to the ocean: the walkers
who walked through the opposites, from I to opened Thou,
city and cleave of the sea. Those at flaming Nauvoo,
the ice on the great river: the escaping Negroes,
swamp and wild city: the shivering children of Paris
and the glass black hearses; those on the Long March:
all those who together are the frontier, forehead of man.

노예됨으로부터 걸어 나온 자들의 음악.

모든 것이 모든 것에 말을 거는 여정 속으로.
저주를 받아들이길 거부하고, 모든 것의
신호를, 세계를, 영혼의 일부인 몸을
신호로 받아들이면서, 세계에 말을 걸면서,
창조라는, 하나의 이미지로 창조된 모든 것에 말을 걸면서
미래를 향해 걸어 들어가는 이것은 과거가 아니다.
현재를 향한 걸음은 고통스럽고, 춤은
한참 뒤에 이르기 전까지 춤처럼 보이지 않는다.
이 무용수들은 신의 발견자다.

그 노래를 들었을 때 우린 알았다, 우리 모두 변했다는 걸.

결핍 위에 결핍을 짓는 삶으로부터 나와,
노예됨을 거부하는 노예로, 신념을 향해 탈출하며.
군대가 바다로 왔다. 극단을
통과해 걸어온 순례자들, 나로부터 열린 당신에게로.
도시로, 바다의 틈으로. 불타는 노부**의 사람들,
거대한 강 위의 얼음, 탈출하는 흑인들,
늪과 거친 도시, 떨고 있는 파리의 아이들,
유리로 만든 검은 영구차. 대장정 속 사람들,
함께 있는 이 모두가 전선이다, 인류의 이마다.

Where the wilderness enters, the world, the song of the world.

Akiba rescued, secretly, in the clothes of death
by his disciple carried from Jerusalem
in blackness journeying to find his journey
to whatever he was loving with his life.
The wilderness journey through which we move
under the whirlwind truth into the new,
the only accurate. A cluster of lights at night;
faces before the pillar of fire. A child watching
while the sea breaks open. This night. The way in.

Barbarian music, a new song.

황야가 침입한 곳에, 세계가, 세계의 노래가.

비밀스럽게, 아키바는, 죽음의 옷무더기 속에서 구조되었다.
예루살렘으로부터 온 그의 제자들에 의해서
암흑 속에서, 그가 삶을 다해 사랑하던 것으로
향하는 여정을 찾고자 나섰던 길에서.
소용돌이치는 진실 아래
황야의 여행은 단 하나의 정확한 것,
새로움을 향한 것. 밤에 비치는 빛무리.
불기둥 앞에 선 얼굴들. 한 아이가 바라보고 있다
바다가 열리는 동안. 이 밤을. 이 입구를.

이방인들의 음악, 새로운 노래.

Acknowledging opened water, possibility:
open like a woman to this meaning.
In a time of building statues of the stars,
valuing certain partial ferocious skills
while past us the chill and immense wilderness
spreads its one-color wings until we know
rock, water, flame, cloud, or the floor of the sea,
the world is a sign, a way of speaking. To find.
What shall we find? Energies, rhythms, journey.

Ways to discover. The song of the way in.

열린 물, 그 가능성을 받아들이기.
이 의미를 향해 한 여자처럼 열린.
별들의 조각상을 세우던 시절,
부분적이고 흉포한 기술을 소중히 여기던 시절,
우리를 지나 냉랭하고 광막한 황야가
한 가지 빛깔의 날개만을 퍼뜨리던 시절,
우리가 바위를, 물을, 불길을, 구름을, 바다의 바닥을,
세계가 하나의 신호임을, 하나의 말하기 방식임을 알게
    되기까지. 찾고자 한다.
우리는 무엇을 찾게 될까? 에너지, 리듬, 그리고 여정을.

발견을 위한 길들. 이것은 그 입구의 노래.

 * 아키바는 로마 시대 저명한 유대인 랍비로 금지된 율법 교육을 하고
   유대인의 반란에 가담한 죄로 순교했다.
** 모르몬교로 알려진 예수 그리스도 후기성도 교회(The Church of Jesus
   Christ of Latter-day Saints)에 의해 일리노이 주 노부에 지어진 노부 신전
   (Nauvoo Temple)을 말한다. 모르몬 교도들이 기존 교단의 박해로
   이주한 뒤, '이카리아'(Icaria)라는 공산 공동체를 세워 살던 프랑스의
   공상적 사회주의자(Utopian Socialist)인 카베(Etienne Cabet)가
   건물의 재건을 시도했으나, 토네이도로 인해 불타올라 건물의 두 벽만을
   남기고 소실되었다.

FOR THE SONG OF SONGS

However the voices rise
They are the shepherd, the king,
The woman; dreams,
Holy desire.

Whether the voices
Be many the dance around
Or body led by one body
Whose bed is green,

I defend the desire
Lightning and poetry
Alone in the dark city
Or breast to breast.

Champion of light I am
The wounded holy light,
The woman in her dreams
And the man answering.

「아가(雅歌)」*에게

목소리가 어떻게 솟더라도
그들은 목자이며, 왕이며,
여자다. 꿈이며
성스러운 욕망들이다.

그 춤 곁에
목소리들이 많든,
녹색 침대를 가진
몸에 이끌린 몸이든,

나는 그 욕망을 옹호한다
어두운 도시에 홀로 있는
시(詩)거나 번개이거나
가슴에 맞댄 가슴이더라도.

빛의 승리자, 나는
상처 입은 신성한 빛이니,
그녀 꿈속의 여자이자
대답하는 남자.

You who answer their dreams
Are the ruler of wine
Emperor of clouds
And the riches of men.

This song
Is the creation
The day of this song
The day of the birth of the world.

Whether a thousand years
Forget this woman, this king,
Whether two thousand years
Forget the shepherd of dreams.

If none remember
Who is lover who the beloved,
Whether the poet be
Woman or man,

The desire will make
A way through the wilderness
The leopard mountains
And the lips of the sleepers.

그들의 꿈에 응답하는 당신은
포도주의 통치자이자
구름의 제왕이자
인류의 재물이니.

이 노래는
창조다
이 노래의 날은
이 세계 탄생의 날.

천 년이
이 여자를, 이 왕을 잊든,
이천 년이
꿈들의 목자를 잊든.

누가 사랑하고 누가 사랑받았는지,
그 시인이
여자인지 남자인지
아무도 기억하지 않는다면,

욕망은
황야를 표범 산맥을
잠자는 이들의 입술을
가로지르는 길을 만들 것이다.

Holy way of desire,
King, lion, the mouth of the poet,
The woman who dreams
And the answerer of dreams.

In these delights
Is eternity of seed,
The verge of life,
Body of dreaming.

욕망의 성스러운 길,
왕, 사자, 시인의 입,
꿈꾸는 여자와
꿈의 응답자들.

이 기쁨들 속에
씨앗의 영원이 있다.
삶의 가장자리가,
꿈꾸는 몸이.

* 성서의 「아가」. 표면적으로 남녀관계를 그리고 있는 아가서는
  유대교에서는 신과 이스라엘의 관계에 대한 우화로, 기독교에서는 신과
  교회의 관계에 대한 우화로 해석된다. 아키바는 「아가」를 두고 가장
  성스러운 글이라고 평한 적이 있다고 전해진다.

THE BONDS

In the wine country, poverty, they drink no wine —
In the endless night of love he lies, apart from love —
In the landscape of the word he stares, he has no word.

He hates and hungers for his immense need.

He is young. This is a shepherd who rages at learning,
Having no words. Looks past green grass and sees a woman.
She, Rachel, who is come to recognize.
In the huge wordless shepherd she finds Akiba.

To find the burning Word. To learn to speak.

The body of Rachel says, the marriage says,
The eyes of Rachel say, and water upon rock
Cutting its groove all year ways All things learn.
He learns with his new son whose eyes are wine.

To sing continually, to find the word.

유대(紐帶)

와인의 나라에서는, 그 가난 속에서는, 와인을 마시지
　　않는다—
끝없는 사랑의 밤에 그는 눕는다, 사랑과 동떨어져서—
말[言]의 풍경에서 그는 노려본다, 그에겐 말이 없다.

그는 그 거대한 결핍을 고파하지만 또 싫어한다.

그는 젊다. 말을 갖지 못한, 이 사람은 배움에 분노하는
목자이다. 그가 초록빛 잔디를 지나쳐 한 여자를 본다.
그녀, 라헬은 알아보기 시작한다.
말을 갖지 못한 거구의 목동에게서 그녀는 아키바를 발견한다.

불타는 말을 찾아내는 일. 말하는 법을 배우는 일.

라헬의 몸이 말한다, 결혼이 말한다,
라헬의 눈이 말한다, 바위 위의 물이
여러 해 동안 홈을 파내고, 모든 것이 배운다.
그가 배운다, 포도주빛 눈을 하고 갓 태어난 아들과 함께.

계속 노래하기 위해, 말을 얻기 위해서.

He comes to teaching, greater than the deed
Because it begets the deed, he comes to the stone
Of long ordeal, and suddenly knows the brook
Offering water, the citron fragrance, the light of candles.

All given, and always the giver loses nothing.

In giving, praising, we move beneath clouds of honor,
In giving, in praise, we take gifts that are given,
The spark from one to the other leaping, a bond
Of light, and we come to recognize the rock;

We are the rock acknowledging water, and water
Fire, and woman man, all brought through wilderness;
And Rachel finding in the wordless shepherd
Akiba who can now come to his power and speak:
The need to give having found the need to become:

More than the calf wants to suck, the cow wants to give such.

그는 가르치기 시작한다, 그것은 행위를 낳으므로
행위보다 큰 일, 그는 오랜 시련의
돌이 되었다가, 문득 물이 솟아나는
개울을 알게 되고, 시트론 향을, 양초의 빛을 알게 된다.

모든 것이 주어졌고, 주는 이는 언제나 아무것도 잃지 않는다.

주는 일, 찬양하는 일 속에서, 우리는 영예의 구름 아래에서
    이동하고,
주는 일, 찬양 속에서, 우리는 주어진 선물을 받는다,
하나에서 다른 하나로 뛰어넘는 불꽃, 빛의
연대, 우리는 바위를 알아보기에 이른다.

황야를 거쳐 온 우리 모두는
물을 알아가는 바위, 불을 알아가는 물, 남자를 알아가는 여자.
말을 갖지 못한 목자에게서
이제 그의 힘을 갖고 말할 수 있게 된 아키바를 발견한 라헬.
되어야 할 필요를 찾은 주어야 할 필요.

빨고 싶어 하는 송아지보다도 더 많은 것을, 어미소는 주고
    싶어 한다.

AKIBA MARTYR

When his death confronted him, it had the face of his friend
Rufus the Roman general with his claws of pain,
His executioner. This was an old man under iron rakes
Tearing through to the bone. He made no cry.

After the failure of all missions. At ninety, going
To Hadrian in Egypt, the silver-helmed,
Named for a sea. To intercede. Do not build in the rebuilt
    Temple.
Your statue, do not make it a shrine to you.
Antinous smiling. Interpreters. This is an old man, pleading.
Incense of fans. The emperor does not understand.

He accepts his harvest, failures. He accepts faithlessness,
Madness of friends, a failed life; and now the face of storm.

Does the old man during uprising speak for compromise?
In all but the last things. Not in the study itself.
For this religion is a system of knowledge;

순교자 아키바

그를 맞닥뜨렸을 때, 죽음은 친구의 얼굴을 하고 있었다
루퍼스, 로마의 장군, 고통의 갈고리를 든
그의 사형집행인. 뼈까지 훑어 찢어내는
쇠갈퀴 아래의 남자. 그는 울지 않았다.

모든 임무에서 실패한 뒤. 아흔 살이 되어,
은빛 투구를 쓰고 바다의 이름을 딴
이집트의 하드리아누스*에게로 갔다. 탄원하기 위해. 다시
    지어진 사원 속,
당신의 동상을, 당신의 성지로 만들지 말라고.
안티노오스가 웃고. 통역사들이 말한다. 이 노인은 간청하고
    있습니다.
부채질의 향. 황제는 이해하지 못한다.

그는 자신의 수확을 인정한다, 그 실패들을. 그는 불성실을
    받아들인다.
친구들의 광기를, 실패한 삶을. 그리고 이제 폭풍의 얼굴을.

폭동의 와중에 그 노인은 타협을 옹호하는가?
최후의 것들을 제외한 모든 것에 대해서는. 그러나 학문 그
    자체에선 아닐 터.
왜냐하면 이 종교는 지식의 체제이기 때문이다.

Points may be one by one abandoned, but not the study.
Does he preach passion and non-violence?
Yes, and trees, crops, children honestly taught. He says:
Prepare yourselves for suffering.

Now the rule closes in, the last things are forbidden.
There is no real survival without these.
Now it is time for prison and the unknown.
The old man flowers into spiritual fire.

Streaking of agony across the sky.
Torn black. Red racing on blackness. Dawn.
Rufus looks at him over the rakes of death
Asking, "What is it?
Have you magic powers? Or do you feel no pain?"
The old man answers, "No. But there is a commandment
      saying
Thou shalt love the Lord thy God with all thy heart,
      with all thy soul and with all thy might.
I knew that I loved him with all my heart and might.
Now I know that I love him with all my life."

The look of delight of the martyr
Among the colors of pain, at last knowing his own response
Total and unified.
To love God with all the heart, all passion,
Every desire called evil, turned toward unity,
All the opposites, all in the dialogue.
All the dark and light of the heart, of life made whole.

조항은 아마 하나하나 내버려질 테지만, 학문은 아니다.
그가 열정과 비폭력을 설교하는가?
그렇다. 그리고 나무와 곡물, 정직하게 배운 아이들에 대해서도.
　　그가 말한다.
스스로 고통에 대비하라고.

이제 규칙들이 다가오고, 최후의 것들은 금지된다.
이것들 없이 진정한 생존이란 없다.
이제는 감옥과 미지의 존재들을 위한 시간.
노인은 영적인 불꽃으로 개화한다.

하늘을 가로지르는 고통의 획.
검게 찢긴. 검정을 내달리는 빨강. 새벽.
루퍼스가 죽음의 갈퀴 너머 그를 바라보며
묻는다. "무엇이냐?
마법의 힘이라도 가졌는가? 아니면 고통을 느끼지 않는가?"
노인은 대답한다. "아닙니다. 하지만 한 계명이
　　말하기를
당신은 당신의 주인을 당신의 신을 온 마음으로
　　온 영혼으로, 온 힘을 다해 사랑할 것이다.
나는 내가 나의 온 마음으로 온 힘으로 사랑했음을 알고
　　있습니다.
이제 나는 나의 온 생으로 그를 사랑함을 압니다."

고통의 빛깔들 속, 마침내
통합되어 하나가 된, 그 자신의 응답을 알았다는
순교자의 기쁜 표정.
모든 마음으로, 모든 열정으로 신을 사랑하기 위해
악이라 불린 모든 욕망이 일체로 향하고.
모든 극단들이 모든 대화 속에서.
마음의, 생의 모든 어둠과 빛이 하나 되어.

Surpassing the known life, day and ideas.
My hope, my life, my burst of consciousness:
To confirm my life in the time of confrontation.

The old man saying Shema.
The death of Akiba.

알려진 생을, 날을, 생각들을 뛰어넘은.
나의 희망, 나의 삶, 내 의식의 폭발.
대면의 시대, 내 삶을 확신하기 위해.

노인은 '들으라(Shema)' 한다.**
아키바의 죽음을.

* 하드리아누스(Hadrianus, 76~138)는 로마제국 오현제 중 세 번째
  황제다. 파괴된 예루살렘을 재건해 식민도시로 삼으려다가 유대인의
  반란을 초래했다. 안티노오스는 그가 아끼던 미소년이다.
** 세마(Shema)는 '들으라'라는 뜻으로, 유대인들이 아침저녁으로 하는
   기도문이자, 유대교 율법인 토라(Torah)를 시작하는 문구이기도 하다.

THE WITNESS

Who is the witness? What voice moves across time,
Speaks for the life and death as witness voice?
Moving tonight on this city, this river, my winter street?

He saw it, the one witness. Tonight the life as legend
Goes building a meeting for me in the veins of night
Adding its scenes and its songs. Here is the man transformed,

The tall shepherd, the law, the false messiah, all;
You who come after me far from tonight finding
These lives that ask you always Who is the witness —

Take from us acts of encounter we at night
Wake to attempt, as signs, seeds of beginning,
Given from darkness and remembering darkness,

Take from our light given to you our meetings.
Time tells us men and women, tells us You
The witness, your moment covered with signs, your self.

목격자

목격자는 누구인가? 어떤 목소리가 시간을 건너 이동해,
이 도시에서, 이 강에서, 나의 겨울 거리를 움직이는 오늘밤
목격자의 목소리로 생과 사를 대변하는가?

그는 보았다, 단 하나의 목격자. 오늘밤 전설인 생(生)이
풍경과 노래들을 더해
밤의 혈관들 속에 나를 위한 집회를 연다. 여기 완전히 달라진
　　　남자가 있다.

키 큰 목자, 법, 가짜 메시아, 그 모두.
오늘밤으로부터 먼 곳에서 나를 따라온 당신은
이 삶들을 발견한다. 누가 목격자냐고 언제나 당신에게 묻는
　　　삶들을.

우리로부터 마주치는 행위들을 가져가라, 밤이면
신호로서, 시작의 씨앗들로서, 시도하기 위해 깨어나는,
어둠으로부터 주어져 어둠을 기억하고 있는 행위들을.

당신에게 주어진 우리의 빛을 통해 우리 만남을 가져가라.
시간이 우리 남자들과 여자들에게, 우리에게 당신에 대해 말한다.
목격자를, 신호로 점철된 당신의 순간들을, 당신 자신을.

Tells us this moment, saying You are the meeting.
You are made of signs, your eyes and your songs.
Your dance the dance, the walk into the present.

All this we are and accept, being made of signs, speaking
To you, in time not yet born.
                              The witness is myself.
                                        And you,
The sign, the journeys of the night, survive.

이 순간을 우리에게 말해달라. 당신이 곧 만남이니.
당신은 신호들로 이루어졌다, 당신의 눈과 당신의 노래들도.
당신의 춤이 바로 그 춤, 현재로 들어서는 걸음.

우리는 이 모든 것이며, 받아들인다. 신호로 만들어진 말하기를
아직 태어나지 않은 시간, 당신에게.

목격자는 나 자신.

그리고 당신.

신호여, 밤의 여정이여, 생존하라.

Käthe Kollwitz

1

Held between wars
my lifetime
                  among wars, the big hands of the world of death
my lifetime
listens to yours.

The faces of the sufferers
in the street, in dailiness,
their lives showing
through their bodies
a look as of music
the revolutionary look
that says   I am in the world
to change the world
my lifetime
is to love to endure to suffer the music
to set its portrait
up as a sheet of the world
the most moving the most alive
Easter and bone
and Faust walking among flowers of the world

케테 콜비츠*

1

전쟁들 사이에
내 생이 붙잡혀
                전쟁들 가운데서, 죽음세계의 거대한 손들 사이에서
내 생은
당신의 생을 듣는다.

거리의, 매일매일의
고통받는 사람들의 얼굴,
몸을 통해 드러나는
그들의 삶
음악과 같은 모습
그 혁명적인 모습
그 모습이 말한다   나는 세계를 바꾸기 위한
세계 속에 있다고
나의 생은
그 음악을 사랑하고 견디고 잃기 위한 것
그 초상을
세계의 한 장으로 세우기 위한 것
가장 많이 움직이고 가장 살아 있는
부활절과 뼈와
세계의 꽃들 사이를 걷는 파우스트와
인간의 음악과 살아 있는 여자 속에 살아 있는 어린이와

and the child alive within the living woman, music of man,
and death holding my lifetime between great hands
and hands of enduring life
that suffers the gifts and madness of full life, on earth, in our
    time,
and through my life, through my eyes, through my arms and
    hands
may give the face of this music in portrait waiting for
the unknown person
held in the two hands, you.

    2

Woman as gates, saying:
"The process is after all like music,
  like the development of a piece of music.
  The fugues come back and
                     again and again
  interweave.
  A theme may seem to have been put aside,
  but it keeps returning—
  the same thing modulated,
  somewhat changed in form.
  Usually richer.
  And it is very good that this is so."

A woman pouring her opposites,
"After all there are happy things in life too.
  Why do you show only the dark side?"
"I could not answer this. But I know—
  in the beginning my impulse to know
  the working life
                had little to do with
  pity or sympathy.

거대한 손들 사이에 내 생을 붙잡고 있는 죽음과
전 생의, 지구의, 우리 시대의 선물과 광기를 앓으며
그 삶을 견디고 있는 손들이
내 생을 통해, 내 눈을 통해, 나의 팔과 손을 통해
두 손에 담긴, 알려지지 않은 사람을 기다리는
초상 속 이 음악의 얼굴에게
· 당신을 줄 수 있기를

2

문으로서의 여성은, 말한다:
"결국 이 과정은 음악과 같습니다,
  곡 하나가 전개되는 것 같지요.
  푸가는 돌아오고
                        다시 또 다시
  서로 섞여 짜입니다.
  주제는 잠시 비껴나 있는 것처럼 보일 수 있겠지만,
  계속해서 돌아옵니다.
  같은 것이 변주됩니다,
  어떤 면에선 그 형식을 바꾸면서요.
  보통은 더 풍부해지지요.
  이렇다는 건 매우 훌륭한 일입니다."

여자는 반대하는 사람들에게 쏟아낸다.
"종국에는 삶에도 행복한 것들이 있습니다.
  당신은 왜 어두운 부분만 드러내나요?"
"전 여기에 답할 수 없습니다. 하지만 이건 알아요—
  노동하는 삶을
  이해하려는 제 충동은
                        처음부터 연민이나 동정과는
관계가 없었습니다.

          I simply felt
that the life of the workers was beautiful."

She said, "I am groping in the dark."

She said, "When the door opens, of sensuality,
then you will understand it too. The struggle begins.
Never again to be free of it,
often you will feel it to be your enemy.
Sometimes
you will almost suffocate,
such joy it brings."

Saying of her husband: "My wish
is to die after Karl.
I know no person who can love as he can,
with his whole soul.

Often this love has oppressed me;
I wanted to be free.
But often too it has made me
so terribly happy."

She said: We rowed over to Carrara at dawn,
climbed up to the marble quarries
and rowed back at night, The drops of water
fell like glittering stars
from our oars."

저는 그저
노동자들의 삶이 아름답다고 느꼈습니다."

그녀가 말했다. "저는 어둠 속을 더듬고 있습니다."

그녀가 말했다. "감각의 문이 열리면,
당신도 이해하게 될 겁니다. 투쟁이 시작되지요.
다시는 자유로워지지 못하게 됩니다.
종종 적이 생겼다고 느끼게 될 거예요.
가끔은
숨 막힌다고 느끼겠지요.
그런 기쁨을 가져올 겁니다."

남편에 대해서도 말했다. "제 소원은
칼 다음으로 죽는 거예요.
그만큼 저를 사랑해줄 다른 사람을 알지 못합니다.
그의 온 영혼을 가지고요.

종종 이 사랑이 저를 짓눌렀지요.
저는 자유롭고 싶었어요.
하지만 그만큼 자주 저를 끔찍이도
행복하게 만들어주었습니다."

그녀가 말했다.
"우리는 새벽에 카라라**까지 노 저어 가서
대리석 채석장을 기어 올라갔고
밤에 노 저어 돌아왔어요. 우리 노에서
떨어지는 물방울들이
반짝이는 별처럼 느껴졌지요."

She said: "As a matter of fact,
I believe
            that bisexuality
is almost   a necessary factor
in artistic production; at any rate,
the tinge of masculinity within me
helped me
            in my work."
She said: "The only technique I can still manage.
It's hardly a technique at all, lithography.
In it
            only the essentials count."

A tight-lipped man in a restaurant last night saying to me:
"Kollwitz?   She's too black-and-white."

        3

Held among wars, watching
    all of them
    all these people
    weavers,
    Carmagnole

그녀가 말했다. "실은 말이에요.
저는
　　　　바이섹슈얼리티란
거의 필수적인 요소라고 믿어요.
예술을 생산하는 데 있어서요. 어쨌든
제 안의 남성성의 색채가
작업을
　　　　도와주었습니다."

그녀가 말했다. "제가 여전히 감당할 수 있는 유일한 기술이에요.
기술이라고 할 수는 없지만요. 석판인쇄 말이에요.
그 안에서도
　　　　　　필수적인 것들만 기술이라고 볼 수 있겠죠."

어젯밤 식당에서 말수 적은 한 남자가 내게 말했다.
"콜비츠요?　너무 흑백 아닌가요."

　　　3

전쟁 사이에 갇혀, 본다
　그들 모두를
　이 모든 이를
　방직공들을,
　카르마뇰***을

Looking at
  all of them
  death, the children
  patients in waiting-rooms
  famine
  the street
  the corpse with the baby
  floating, on the dark river

A woman seeing
  the violent, inexorable
  movement of nakedness
  and the confession of No
  the confession of great weakness, war,
  all streaming to one son killed, Peter;
  even the son left living; repeated,
  the father, the mother; the grandson
  another Peter killed in another war; firestorm;
  dark, light, as two hands,
  this pole and that pole as the gates.

What would happen if one woman told the truth about her life?
  The world would split open

바라본다
　그들 모두를
　죽음을, 아이들을
　대기실의 환자들을
　기근을
　거리를
　어두운 강 위를 떠다니는
　아기와 함께 있는 시체를

한 여자가 본다
　그 폭력을, 수그러들지 않는
　알몸의 움직임을
　'아니오'라는 고백을
　위대한 연약함의 고백을, 전쟁을,
　모두가 흘러 한 아들, 피터의 죽음으로,
　살아남은 아들에게로, 반복적으로
　그 아버지와 어머니에게로, 그들의 손자
　또 다른 전쟁에서 죽은 또 다른 피터에게로, 폭풍처럼 번지는
　　불로
　어둠과 빛, 두 개의 손처럼,
　이 극과 저 극이 마치 두 개의 문처럼.

한 여자가 자기 삶의 진실을 말한다면 어떤 일이 일어날까?
　세계는 터져버릴 것이다.

4   SONG: THE CALLING-UP

Rumor, stir of ripeness
rising within this girl
sensual blossoming
of meaning, its light and form.

The birth-cry summoning
out of the male, the father
from the warm woman
a mother in response.

The word of death
calls up the fight with stone
wrestle with grief with time
from the material make
an art harder than bronze.

4 노래: 불러 모으는 소리

소문, 성숙함을 휘저어
이 소녀의 내면에서 솟아오르고
의미가 감각적으로
개화하는 일, 그것의 빛과 형태.

남자에게서 아버지를
온화한 여성에게서
응답하는 어머니를
불러내는 탄생의 울음.

죽음의 말은
돌과의 싸움을 호출해
시간과, 슬픔과 겨루고
그 재료로부터
예술을 청동보다 단단하게 만든다.

5   SELF-PORTRAIT

Mouth looking directly at you
eyes in their inwardness looking
directly at you
half light   half darkness
woman, strong, German, young artist
flows into
wide sensual mouth mediating
looking right at you
eyes shadowed with brave hand
looking deep at you
flows into
wounded brave mouth
grieving and hooded eyes
alive, German, in her first War
flows into
strength of the worn face
a skein of lines
broods, flows into
mothers among the war graves
bent over death
facing the father
stubborn upon the field
flows into

5   자화상

당신을 똑바로 바라보는 입
자기 성찰 속에서
똑바로 당신을 향하는 시선
반은 빛이고   반은 어둠인
여성이고, 강한, 독일인, 젊은 예술가가
흘러들어간다
당신을 바라보고 있는
너르고 감각적인, 생각하는 입으로
용기 있는 손으로 그늘을 만들어
당신을 깊이 들여다보는 눈으로
흘러들어간다
상처 입은 용감한 입으로
슬픔에 잠겨 반쯤 감은 눈으로
살아 있는 독일인으로서, 그녀의 첫 번째 전쟁 속으로
흘러들어간다
지친 얼굴의 힘 속으로
선들의 타래는
곱씹으며, 흘러들어간다
전장에서 강인했던
아버지에게 다가오는
죽음 위로 몸을 굽히는
전쟁의 무덤 사이 엄마들에게로
흘러들어간다

the marks of her knowing —
Nie Wieder Krieg
repeated in the eyes
flows into
"Seedcorn must not be ground"
and the grooved cheek
lips drawn fine
the down-drawn grief
face of our age
flows into
Pieta, mother and
between her knees
life as her son in death
pouring from the sky of
one more war
flows into
face almost obliterated
hand over the mouth forever
hand over one eye now
the other great eye
closed

그녀 지식의 흔적들 속으로
전쟁은 이제 그만****
눈빛 속에서 반복되며
흘러들어간다
"씨앗이 짓이겨져서는 안 된다"
파인 볼과
날렵하게 그려진 입술들
깊이 그려진 슬픔과
우리 시대의 얼굴 속으로
흘러들어간다
피에타,***** 어머니와
그녀의 무릎 사이
죽음 속 아들의 삶 속으로
또 한 번의 전쟁의
하늘로부터 쏟아져 내려
흘러들어간다
거의 지워진 얼굴 속으로
한 손은 영원히 입술 위에
다른 손은 한쪽 눈 위에
또 다른 위대한 눈은
감은 채로.

    * 케테 콜비츠(Käthe Kollwitz, 1867~1945)는 독일 프롤레타리아 회화의
      선구자로, 노동자의 생활을 회화와 판화로 표현했다.
    ** 카라라(Carrara)는 이탈리아 토스카나 주의 도시로 양질의 대리석
      산지다.
  *** 프랑스혁명 당시 민중들이 광장에서 춘 춤.
 **** 〈전쟁은 이제 그만〉(Nie Wieder Krieg, 1924)은 콜비츠의 반전주의
      사상을 보여주는 대표적인 작품이다.
***** 〈피에타〉(Pieta, 1938)는 1차 대전에서 아들을 잃은 콜비츠가 자신과
      아들의 모습으로 조각한 피에타이다.

5

The Speed of Darkness

1

Whoever despises the clitoris despises the penis
Whoever despises the penis despises the cunt
Whoever despises the cunt despises the life of the child.

Resurrection music,   silence,   and surf.

2

No longer speaking
Listening with the whole body
And with every drop of blood
Overtaken by silence

But this same silence is become speech
With the speed of darkness.

3

Stillness during war, the lake.
The unmoving spruces.
Glints over the water.
Faces, voices.   You are far away.
A tree that trembles.

어둠의 속도

1

클리토리스를 멸시하는 자는 누구라도 페니스를 멸시하는 것이고
페니스를 멸시하는 자는 누구라도 보지를 멸시하는 것이고
보지를 멸시하는 자는 누구라도 아이의 삶을 멸시하는 것이다.

부활의 음악, 침묵, 그리고 파도.

2

더 이상 말하지 않고
온몸으로 들으며
모든 핏방울이
침묵에 사로잡혀 있으나

그러나 이 침묵은 말이 되었다
어둠의 속도로.

3

전쟁 중의 고요, 호수.
가만한 전나무들.
물 위의 반짝임.
얼굴들, 목소리들. 당신은 멀리 있고.
떨고 있는 한 그루 나무.

I am the tree that trembles and trembles.

4

After the lifting of the mist
after the lift of the heavy rains
the sky stands clear
and the cries of the city risen in day
I remember the buildings are space
walled, to let space be used for living
I mind this room is space
this drinking glass is space
whose boundary of glass
lets me give you drink and space to drink
your hand, my hand being space
containing skies and constellations
your face
carries the reaches of air
I know I am space
my words are air.

나는 그 나무, 떨고 또 떠는.

4

안개가 걷히고 나자
폭우가 걷히고 나자
하늘은 선명하게 드러나고
낮 동안 피어오르는 도시의 울음
나는 기억한다 공간이었던 건물들은
벽이 둘러져서, 삶에 쓰이게끔 했더랬다
나는 이 방이 공간이라는 것을 염두에 둔다
이 유리잔이 공간이라는 것을
잔의 경계가
나로 하여금 당신에게 마실 것을, 마실 것을 위한 공간을
　　　건네게 한다는 것을
당신의 손이, 나의 손이 하늘들과 별자리들을 담은
공간임을
당신의 얼굴이
공기가 와 닿는 경계라는 걸
나는 내가 공간이라는 것
나의 말들이 공기라는 것을 안다.

5

Between   between
the man: act   exact
woman: in curve   senses in their maze
frail orbits, green tries,   games of stars
shape of the body speaking its evidence.

6

I look across at the real
vulnerable   involved   naked
devoted to the present of all I care for
the world of its history leading to this moment.

7

Life the announcer.
I assure you
there are many ways to have a child.
I bastard mother
promise you
there are many ways to be born.
They all come forth
in their own grace.

5

사이　사이에
남자: 행동　정확한
여성: 곡선 속에서　그들의 미로 속에서 감각한다
허물어지기 쉬운 궤도를, 미숙한 시도들을,　별들의 게임을
그 증거를 말하는 몸의 형태들을.

6

나는 저 건너의 실재를 본다
취약한 것　연관이 있는 것　맨몸의 것
무엇보다도 내가 가장 마음 쓰는 현재에 전념하고 있는 것
이 순간으로 이끄는 역사를 지닌 세계를.

7

삶이란 안내자.
나는 분명히 말할 수 있다
아이를 갖는 데는 여러 방법이 있음을.
나, 나쁜 엄마는
약속한다
태어나는 데는 여러 방법이 있음을.
그 모든 방식에는
각자의 기품이 담겨 있다.

8

Ends of the earth join tonight
with blazing stars upon their meeting.

These sons,   these sons
fall burning into Asia.

9

Time comes into it
Say it.   Say it.
The universe is made of stories,
not of atoms.

8

지구의 끝들이 오늘밤 만나고
별들이 그 위에서 빛을 낸다.

이 아들들, 이 아들들이
타오르며 아시아로 낙하하네.

9

시간이 들어선다
말하라. 말하라.
우주는 이야기들로 이루어져 있으니.
원자가 아니라.

10

Lying
blazing beside me
you rear beautifully and up —
your thinking face —
erotic body reaching
in all its colors and light —
your erotic face
colored and lit —
not colored body-and-face
but now entire,
colors   lights   the world thinking and reaching.

11

The river flows past the city.

Water goes down to tomorrow
making its children   I hear their unborn voices
I am working out the vocabulary of my silence.

10

내 옆에서 빛을 내며
누워선
당신은 아름답게 일어선다, 위로—
생각에 잠긴 당신의 얼굴—
그 모든 색채와 빛에 닿는
관능적인 몸—
색 입혀지고 밝혀진
당신의 관능적인 얼굴—
빛깔 입은 몸-얼굴이 아니라
이제는 전체가 된,
색깔 빛 생각하고 가 닿는 세계.

11

강이 도시를 지나 흐른다.

물은 제 아이들을 만들면서
내일로 흘러간다   나는 태어나지 않은 그들의 목소리를 들으며
내 침묵의 어휘들과 씨름하고 있다.

12

Big-boned man young and of my dream
Struggles to get the live bird out of his throat.
I am he am I?   Dreaming?
I am the bird am I?   I am the throat?

A bird with a curved beak.
It could slit anything, the throat-bird.

Drawn up slowly.   The curved blades, not large.
Bird emerges   wet   being born
Begins to sing.

12

우람한 남자가 젊어서는 내 꿈속에서
목구멍에서 살아 있는 새 한 마리를 꺼내려 애를 쓴다.
내가 그 남자지, 그렇지? 꿈꾸고 있나?
내가 그 새지, 그렇지? 내가 그 목구멍인가?

굽은 부리의 새 한 마리.
그 부리론 뭐든 벨 수 있었다, 목구멍-새.

천천히 다가온다. 굽은 날개, 크진 않다.
새가 나타난다   젖은 채   태어나서
노래하기 시작한다.

13

My night awake
staring at the broad rough jewel
the copper roof across the way
thinking of the poet
yet unborn in this dark
who will be the throat of these hours.
No.   Of those hours.
Who will speak these days,
if not I,
if not you?

13

나의 밤은 잠 못 들어
널따랗고 거친 보석을,
길 건너 동판 지붕을 응시하고
시인에 대해 생각한다
이 어둠 속에 아직 태어나지 않았지만
이 시간들의 목구멍이 되어줄 이를.
아니, 그 시간들이 되어줄.
누가 이날들에 대해 말할까,
내가 아니라면,
당신이 아니라면?

옮긴이의 말

목소리를 짓는 일

독일의 판화가인 케테 콜비츠에게 헌정하는 루카이저의
연작시 「케테 콜비츠」에는 "한 여자가 자기 삶의 진실을
말한다면 어떤 일이 일어날까? / 세계는 터져버릴
것이다"라는 시행이 있다. 이 시행을 통해 루카이저의 이름을
다시 듣게 된 때는 한국에 미투운동이 본격화되었을 때였다.
권력에 의한 폭력과 상처를 제 속에 품고 있던 여성
피해자들이 그 고통을 말로 지어 입 밖으로 꺼낼 때,
루카이저의 이 시행은 미투운동에 대한 가장 정확한 묘사로서
여러 매체에서 회자되었다. 21세기 한국에서 움트고 있는
목소리를 가장 간결하게 시급한 목소리로 정리하는
시행이었기 때문이다.

　　루카이저는 한국에 처음 소개되는 미국의 시인이다.
1935년, 첫 시집인 『비행이론』(Theory of Flight)으로 '예일 젊은
시인상'을 수상하면서 큰 주목을 받고, 엘리엇이나 파운드와
같은 걸출한 작가들과 동시대에 활동했음에도 불구하고
미국에서조차 크게 다루어지지 않았다. 오히려 '다락방의 미친
여자'로 불린 일련의 여성인물들 및 여성작가들의 계보 속에
있어왔다고 볼 수 있는데, 『제인 에어』의 버사처럼 진짜
다락방에 갇히진 않았지만, 그가 남긴 삶의 궤적이나 작품들이
20세기 영미시의 지평에서 고의적으로 다뤄지지 않은,
말하자면 일부러 가둬져 있던 목소리였다는 점에서 '다락방의
미친 여자'였다는 것이다.

　　그렇게 가려져 있던 것이 무색하게도 루카이저는 열렬한
사회운동가이자 다양한 글쓰기를 수행했던 열정적인

작가였다. 스코츠버러 사건*에 대한 기사를 썼고, 국제노동
변호인단의 일원으로서 사코와 반제티**를 변호하는 데
일조하기도 했으며, 1936년 나치 정권하에서 열린 베를린
하계올림픽에 저항하는 의미에서 개최된 '인민의
올림피아드'에 대한 기사를 쓰기도 했다. 그해 바르셀로나에
머물며 스페인내전의 발발을 목격한 루카이저는 당시의
경험에 기대 시의 형식과 시의 존재 이유를 논하는 시론집
『시의 생애』(The Life of Poetry)를 썼고, 김지하 시인이 유신
독재와 당시 세태를 비판한 시「오적」으로 구속된
1970년대에는 그의 석방을 기원하며 한국을 방문하기도
했다. 1976년 발간된 『문』(The Gates)은 당시의 경험을
기반으로 쓴 시집이다. 1980년 사망 전까지, 그는 총 18권의
시집을 발간했고 1권의 소설을 썼으며, 세 편의 희곡을
무대에 올렸고, 5권의 동화와 3권의 전기, 옥타비오 파스 및
베르톨트 브레히트 등의 작품을 포함한 6권의 번역서를
펴냈다.

　　말하자면 그는 전 생애에 걸쳐 계속해서 말하고 있었던
것이다. 하지만 왜 '더' 많이 회자되지 않았을까. 거칠게 말해
그는 왜 '더' 유명해지지 않았을까. 어째서 '보편적인'
목소리가 아니라고 규정되고, 그리하여 소위 정전의 영역에
들지 못했을까. 물론 나는 루카이저 시가 정전이어야
한다고 주장하는 것도 아니고, 백인남성작가들을 중심으로
구축되어 있는 실질적인 정전의 위계를 모르는 것도
아니다. 다만 1947년 남자아이를 하나 낳고 아이의 아버지에

---

* 아홉 명의 흑인 소년이 두 명의 백인 여성을 강간했다는 혐의로
　사형선고를 받았으나 전원 백인으로 구성된 백인 배심원단에 의해 잘못
　구형된 것으로 밝혀져 미국법 내면의 인종차별의식을 드러낸 사건이다.
** 사코와 반제티는 이탈리아에서 미국으로 건너온 가난한
　이민자들이었으나 무정부주의자들이었다는 이유로 강도사건의 범인으로
　지목되어 사형선고를 받았다.

대해서 평생 함구했던 루카이저의 존재조건이, 당시 미국에서 유대인이자 싱글맘이자 정치적으로 목소리가 큰 여성으로서 루카이저가 가진 사회적 지위가(사회적 지위라는 것이 존재하기라도 했다면), 그 목소리가 퍼져나가는 것을 가로막고 있던 것은 아니었을지 의심하고 있는 것이다.

하지만 서두에서 언급했던 것처럼 여자의 진실은 세계를 터뜨릴 지경으로 전역에서 비어져 나오고 있다. 1968년 발간된 『어둠의 속도』는 루카이저의 작품들 중 가장 다양한 주제를 아우르고 있는 시집으로 피터 미들턴은 "제2의 물결 페미니즘 시집으로서 최초이자 최고인" 작품으로 『어둠의 속도』를 꼽았다. 다시 말해, 이 시집은 사적 발화로 여겨졌던 여성의 목소리가 어떻게 정치적인 힘을 갖게 되는지에 대한 다양한 시적 탐색들이 수행되는 장이란 것인데, 영문학자인 도러시 왕은 2018년 서울에서 있었던 강연에서 루카이저가 "돌아오고 있다"고 단언했다. 학계와 출판계에서는 다시금 루카이저를 조명하려는 움직임이 있고, 2021년에는 대형 출판사인 에코(Ecco)사에서 루카이저의 핵심적인 작품들을 모은 선집이 발간될 예정이다. 루카이저의 복귀는 여성의 목소리를 대하는 세계 일련의 태도 변환과 관련이 있을 것이라 추측할 수 있을 텐데, 그렇다면 반세기를 거쳐 다시 '돌아오는' 목소리로서 오늘날 루카이저의 시를 한국에서 읽는 것은 어떤 울림을 줄 수 있을까. 매일매일 크고 작은 전쟁을 숨 가쁘게 맞닥뜨렸던 근 몇 년 한국의 여성으로서 루카이저의 시를 번역했던 나는 이번 작업을 통해 나라는 공고한 경계를 허물고 나를 긍정하는 방식을 새롭게 사유하게 되었다고 정리해보려 한다. 여성으로 수렴하는 나의 존재조건들이 기괴한 방식으로 부정당하고 가로막히는 사회 속에서 내가 나를 정의하는 방식을 새롭게 하는 것은, 그리하여 나를 더욱 긍정하는 일은 나의 루카이저 읽기에서

가장 큰 수확이라고 볼 수 있겠다. 이 독법에 동행하는
당신에겐 어떤 화두가 떠오를까?

　　　　* * *

루카이저의 초기시인 「어린 시절로부터의 시」에는 "경험을
들이마시고 시를 내쉬어라"라는 시행이 등장한다.
아마도 루카이저 시론의 근간이자 뿌리일 이 시행은 삶의
면면이, 경험의 구석구석이 '시 쓰기' 그 자체와 밀접하다는
것을 보여준다. 이러한 시인의 관심은 『어둠의 속도』에
수록된 시 전편에 걸쳐 지속된다. 「단서들」이나 「여섯 개의
계율」, 「그 불변의 법칙을 믿는 일」, 「노래: 사랑의 풍요로운
영예」, 「전쟁이 내 방으로 들어온다」, 「나선과 푸가」,
「겉모습」 등은 명시적으로 혹은 암묵적으로 말하기의 필요,
즉 시 쓰기의 당위에 대해서 반복적으로 사유한다.
단, 이 말하기 / 시 쓰기는 기존의 방식과는 달라야 한다.
　　『어둠의 속도』를 여는 첫 시, 「가면으로서의 시」는
화자의 시 쓰기가 기존의 시 쓰기와 다를 수밖에 없다는
선언으로 시작된다. 하늘로부터 시를 받아 안던, 소위 뮤즈를
불러내던 신화적인 시 쓰기에 대한 전면적인 거부로서
루카이저는 제 목소리의 근원을 "내 찢겨진 삶의 / 기억과,
잠든 채 활짝 벌어진 나와, 의사들 사이, / 내 곁에
누운 구조된 아이와 / 그 위대한 눈으로부터 구조된 말의
기억"에서 찾는다. 내 삶과 유리된 신의 목소리를 받아
적는 것은 일종의 가면이기 때문이다. 새로운 시적 언어는
내 안으로부터, 내가 가장 취약할 때 탄생한다는 것을
루카이저는 단단하게 선언한다. "가면은 이제 그만! 신화는
이제 그만!"이라는 저항은 저항으로 끝나지 않고,
완성되지도 않은 조각난 기억들이 각각의 목소리를 가지고
시인에게 들어선다.

새로운 말하기는 탄생이다. 하지만 시인이 반복적으로
주장하는 것은 그 무엇도 저 홀로 탄생하지 않는다는 것.
시「위반」은 경계를 넘는 일이 "내 곁에서 숨 쉬는 당신과
함께" 가능하다고 말하는데, 이 둘은 처음부터 끝까지
같은 길을 가는 것도, 묵묵히 동행하는 고요한 관계도 아니다.
오히려 매사 틀어지고 다시금 매만져지는 일련의 과정
속에서 "결국 서로의 눈 속에서 바뀌는" 것을 목도하는 소란한
관계다. 루카이저는 그 과정을 통해서야 새로운 것들이
만들어질 수 있고, 그 격렬한 과정이 있어야 "나뭇가지가
초록을 끌어올리듯" 새로운 것이 탄생할 수 있다고 본다.
새로운 문화와 관습 사이의 투쟁을 통해 만들어지는 새로운
말하기를 나와 타인의 관계에 빗대며 풀어낸 것이다.

　　타인과의 관계를 짚는 일은 아이와의 관계에서 가장
다정한 방식으로 드러나는데,「내 아들에게」와 같은
시는 한 인간이 존재하기 위해서는 세계 만물의 관계를 새롭게
엮어야 한다고 말하고 있다. 나의 아들이 오롯이 나만의
아들이 아니라, 높고 낮은, 멀고 가까운 다양한 존재들에게서
왔다는 말은, 타자를 긍정하는 작업이 나를 이루는
일이기도 하다는 통찰에서 온다.

　　너는 왔단다. 모든 사람이 그렇듯이,
　　너는 네 아버지의 얼굴을 여태 보지 못했지만
　　너는 언제까지나 그를 알지, 노래에서, 하늘가에서,
　　　　꿈속에서, 어디서나 아버지 역할을 하고 있는
　　　　　　　남자를 발견할 때마다, 우리 빛에 둘러싸인 아버지를,
　　　　　　　　우리 어둠에 둘러싸인 아버지를 발견할 때마다.
　　타인들과 함께 완전한, 네 자신으로 완전한,
　　　　완전해진 네 자신에게서,
　　네 선조들인 별들에게서.

자전적으로 썼을 법한 이 대목은 실제로 아버지 없는 아이란 소리를 듣고 살았을 제 아이를 보듬기 위한 시인의 공상적인 위로로 읽을 수 있지만 "모든 사람이 그렇듯이"와 같은 행으로 미루어 세상 모든 존재에 대한 깊은 사유에 그 기원을 두고 있다. 아버지가 꼭 대문자 아버지일 필요가 없는, 고로 신화적 개념으로서의 아버지가 무너지는 루카이저의 시 속에서 아버지가 있어야만 완전한 남성으로, 완전한 인간으로 인정받을 수 있는 기존의 정상성은 무너진다. 그리고 이 허물어짐은 "타인들과 함께 완전한, 네 자신으로 완전한" 스스로를 긍정하라는 루카이저 시학의 태도와 맞물리게 된다.

이렇게나 확장적으로 세계와 관계 맺은 아이는 「도로 한복판에 놓인 작은 돌멩이 하나, 플로리다에서」처럼 "하느님은 / 만물이야, 도로 한복판에 놓인 작은 돌멩이 하나도 말이야"라고 말하는 법을 알게 된다. 말하자면 작은 것, 낯선 것 하나가 나의 존재와 무관하지 않다는 사실을 노래하고 있는 것이다. 루카이저는 그러한 삶의 태도를 획득하는 것이 시적인 것과 가장 닮아 있다고 보았다. 시 「시」는 다음과 같이 노래한다.

> 천천히 나는 펜과 종이를 쥐고
> 보이지 않는, 태어나지 않은 타인들을 위한 시를 지었다.
> 낮 동안에는 남자들과 여자들을 떠올렸다.
> 광막한 거리를 가로지르는 신호를 보내고,
> 이름 없는 삶의 방식과 거의 상상해보지 못한 가치들을
>   생각해본
> 용감한 이들을. (…)
> 우리 자신의 경계에 닿기 위해, 우리 자신의 경계 너머에
>   닿기 위해,
> 그 방법들을 내려놓기 위해, 깨어나기 위해.

나는 이 전쟁들의 첫 번째 세기에 살았다.

　　실제로 루카이저는 1차대전과 2차대전을 모두 겪고, 작고
큰 세계의 소란들을 목도했다. 말 그대로 "전쟁들의 첫 번째
세기"에 산 것이다. 하지만 이 전쟁은 비단 전쟁만을 말하지
않는다. 아무도 이름 붙이지 않은 삶의 방식과, 쉽게 상상할 수
없는 것들에 가치를 부여하는 삶의 태도를 상상하는 일,
그 자체가 "전쟁"이기 때문이다. 그 작업은 무엇보다도 나라는
경계 밖을 상상하고, 그 밖으로 걸어나가야 하는 고단함을
전제한다. 그리고 이 작업을 「시」라 이름 붙인 것은, 말을
뱉어내어 시를 창조하는 작업이 내가 새롭게 존재하는 길과
맞닿아 있음을 뜻하는 것이겠다.
　　장시 「아우터 뱅크스」는 이 과정을 풀어낸 장시다. 아우터
뱅크스라는 특정 공간을 제시하며 다소 난해하게 어우러지는
온갖 묘사와 이미지들 사이에서 구축되는 시적 서사는 온몸이
불길에 사로잡힌 남자가 서서히 등장하여 화자에게 배를
내어주고, 그 화자가 바다로 나아가는 여정이다. 12연에 걸쳐
화자가 결국 당도하는 곳은 "열린 바다"인데, 루카이저
시 속에서 바다는 오래도록 기회의 공간으로 은유되어왔다.
아우터 뱅크스가 단단한 지반이 아닌 언제고 떠밀려 내려갈 수
있는 모래톱 위에 형성된 해안임을 상기한다면, 이 시는
단단하지 않은 땅을 디디고 선, "여자들, 배들, 잃어버린
목소리들 / 우리의 물결에 녹아든" 그 어떤 존재라도 바다를
새로운 땅 삼아 설 수 있다는 안내로 읽을 수 있다. 또한
이곳이 라이트 형제가 첫 비행 연습을 한 바람의 공간임을
상기한다면, 사유의 경계를 무너뜨려 비행을 꿈꿀 수 있었던
형제처럼, 아웃(바깥쪽, out)이란 존재하지 않음을
말함으로써 "모든 게 열려 있다"는 가능성의 시로도 읽을 수
있다.

시는 계속해서 "말하라"고, "그 삶들에 말 걸어"보라고
독려한다. 이 독려는 동시대의 예술가들에게 경의를 표하는
방식으로도 나타나는데, 당시 미국에 생겨난 새로운 삶의
조건들을 연구한 헬렌 린드에게 바치는 「겉모습」이나 실비아
플라스가 죽은 해에 쓴 「자살의 힘」 등이 그러하다.
특히 「자살의 힘」은 능력 있는 여성시인의 죽음에 대한
안타까움과 서로가 공유했을 여성시인의 조건에 대한
공감이 만들어낸 시라 볼 수 있다. 죽음의 언어로 마지막
말을 전달한 플라스의 목소리가 또 다른 꽃으로 피어나기를
바라는 시인의 기원과 애도가 4행에 담겨 있는 것이다.
그리고 다시, 콜비츠가 있다. 「케테 콜비츠」에서 루카이저는
"왜 어두운 부분만 드러내나요?" 묻는 이에게

"전 여기에 답할 수 없습니다. 하지만 이건 알아요—
　노동하는 삶을
　이해하려는 제 충동은
　　　　　　　　처음부터 연민이나 동정과는
　관계가 없었습니다.
　　　　　　　저는 그저
　노동자들의 삶이 아름답다고 느꼈습니다."

라고 대답하는 콜비츠를 상상한다. 콜비츠의 작품과 삶을
통찰하며 다정한 찬사를 보내려는 시인의 노력은 그러나
"콜비츠요? 너무 흑백 아닌가요." 말해버리는 임의의 남성을
등장시켜 언제나 별거 아닌 것으로 치부되는 여성 예술가의
조건을 폭로한다. 하지만 끈질기게도 루카이저는 계속해서
말하려 한다. "한 여자가 자기 삶의 진실을 말한다면
어떤 일이 일어날까? / 세계는 터져버릴 것이다"라고 말이다.
본래 이 시행은 루카이저가 쓴 뮤지컬 희곡 『후디니』에서
주인공인 탈출마술사 해리 후디니의 부인 베스의

대사였으나, 이후 시 「케테 콜비츠」에게로 옮겨가 콜비츠의
말이 되었다. 결국 루카이저는 세계를 보는 시선을 다각도로
고민하여 입을 열어내고, 미처 입을 열지 못한 이들을
그려내며, 그들을 서로 엮어 새로운 세계를 상상하게 만든다.
시의 표제작이자 마지막에 실린 연작시 「어둠의 속도」에서는
이를 위해 지금 우리가 살고 있는 이 세계를 경험할 것을,
또한 살필 것을 청한다. "취약한 것　연관이 있는 것　맨몸의
것"이 곧 이 세계의 역사이기 때문이고, 그 이야기들이
곧 세계이기 때문이다.

　　말하라.　말하라.
　　우주는 이야기들로 이루어져 있으니.
　　원자가 아니라.

　　따라서 마지막 연이 되면, 시인은 말한다. 그 이야기들을
누가 말해야 하느냐고. "누가 이날들에 대해 말할까. /
내가 아니라면, / 당신이 아니라면?"

당신은 어떤 말을 들려줄 수 있을까?

　　감사의 말

루카이저의 또 다른 시 「섬」에서 그는 "저 밑은 / 온통
이어져 있다"고 쓴 바 있다. 꼭 그 말처럼 『어둠의 속도』는
저 혼자 탄생하지 않았다. 루카이저 시를 번역하고 있다고
알렸을 때, 누구보다 기뻐해주면서 매 편을 꼼꼼하게
읽고 수정하는 데 큰 도움을 준 한국외국어대학교 영문학과
대학원의 박민지와 이정민에게 감사를 전한다. 부족한
부분을 찬찬히 챙겨주신 이수경 편집자께도 감사의 말씀을

드리고 싶다. 또한 시집의 윤문작업을 흔쾌히 허락해주신
윤이형 소설가께도 큰 감사를 전한다. 거칠게 번역된 부분들을
꼼꼼하게 그러모아 매끈한 서사로 엮어주셨다. 작업해주신
파일을 전해 받으며 감탄했었다.

　　아끼는 작가의 대표작을, 그것도 시를, 첫 역서로 내는
행운을 가진 번역자가 얼마나 될까. 시 얘기를 할 수 있는
공간이라면 알고 있는 것을 다 꺼내놓고 싶은 시 연구자의
마음을 진중히 들어주시고 루카이저 번역을 흔쾌히 진행해주신
봄날의책 박지홍 대표께 깊은 감사를 드린다. 번역작업뿐
아니라 공부하는 태도와 살아가는 방식에 있어 더없이
시심 가득한 본보기를 보여주시는 정은귀 교수님께도 감사의
말씀을 드리고자 한다.

　　가족들에게도 감사의 마음을 전하고 싶다. 번역이 무엇인지
설명이 필요했던 8살 난 딸은 책의 가제본을 보여줬을 때
거기 적힌 내 이름을 보면서 배시시 웃었다. 이 아이가 자신의
"삶을 충분히 살아서 자신의 자유를 꾸려 세계를 지을" 수
있기를 기원한다.

　　박선아

지은이 뮤리얼 루카이저(Muriel Rukeyser)

1913년 미국 뉴욕의 중산층 가정에서 태어났다. 당시 여자대학이었던
바사대학교(Vassar College)에서 수학한 뒤, 1930년 컬럼비아대학교에
입학했지만 1930년대 미국 대공황 당시 아버지가 파산하여 2년 뒤
학업을 중단하게 되었다. 시인으로서의 활동은 1935년 첫 시집인
『비행이론』(*Theory of Flight*)이 '예일 젊은 시인상'을 수상하며 시작했고,
이후 작가이자 정치 활동가 및 페미니스트로 폭넓게 활동했다. 가장
유명한 작품은 시집 『U.S. 1』에 실린 연작시 『사자의 서』(*The Book of the
Dead*)로 미국 최악의 산업재해로 꼽히는 '헉스 네스트(Hawk's Nest)
사건'을 시화하여 미국의 시세계를 보다 실험적으로 확장했다는 평가를
받는다.

대표적인 시집으로는 『어둠의 속도』를 비롯하여 『지중해』, 『U.S. 1』,
『회전하는 바람』, 『웨이크 아일랜드』, 『눈앞의 야수』, 『녹색물결』,
『오르페우스』, 『비가』, 『깨어 있는 몸』, 『수련 불꽃』, 『아우터 뱅크스』,
『부서지며 열리는』, 『문』 등이 있다. 이외에도 『대기의 한가운데』, 『그
날의 빛』, 『후디니』 등의 희곡을 써 무대에 올렸고, 『돌아와』, 『밖으로
나가요』, 『거품』, 『미로』, 『더 많은 밤들』과 같은 동화를 썼으며,
물리학자 윌러드 기브스의 전기 『윌러드 기브스: 미국적 천재성』과
정치인 웬들 윌키의 전기 『하나의 인생』, 천문학자 토머스 해리엇의 전기
『토머스 해리엇의 발자취』를 쓰기도 했다. 멕시코 시인인 옥타비오
파스를 번역하여 『옥타비오 파스 시선집』 및 『태양의 돌』을 발간하기도
했고, 스웨덴의 시인 군라르 에켈뢰프의 시선집과 『세 편의 시』, 베르톨트
브레히트의 동시집 『에디 삼촌의 콧수염』을 번역했다. 2014년,
페미니스트 프레스(Feminist Press)에서 그의 자전적 소설 『야만의
해안』을 사후 발간했다. 1980년 작고했다.

옮긴이 박선아

1986년 인천에서 태어나 인하대학교에서 국문학과 영문학을 전공하고,
한국외국어대학교에서 현대영미시 전공으로 박사과정을 밟고 있다. 현재
엄마됨의 경험을 영미시사 속에서 조망하는 박사논문을 준비 중이다.

어둠의 속도

초판 1쇄 발행   2020년 7월 27일

지은이   뮤리얼 루카이저
옮긴이   박선아

발행인   박지홍
발행처   봄날의책
등록   제311-2012-000076호(2012년 12월 26일)
주소   서울 은평구 연서로 182-1, 502호(대조동, 미래아트빌)
전화   070-7570-1543
전자우편   springdaysbook@gmail.com

기획·편집   박지홍
디자인   전용완
인쇄·제책   아르텍

ISBN 979-11-86372-76-0 03840

이 도서의 국립중앙도서관 출판시도서목록(CIP)은 서지정보유통지원
시스템 홈페이지(http://seoji.nl.go.kr)와 국가자료공동목록시스템
(http://www.nl.go.kr/kolisnet)에서 이용하실 수 있습니다(CIP제어번호:
CIP2020022655).